Hartmut Brümmer

Das Wagnis

Zu diesem Buch

„Minutenlang betrachtete sie die Hülle, die ihre Mutter war, suchte nach Regungen, nach Schmerz irgendwo in ihrem Innern: in der Herzgegend, in der Brust, warum nicht auch in der Magengegend, an den Schläfen? Da war nichts. Auch kein Gefühl der Erleichterung. Keine Trauer, nur Stummheit."
Sprachlosigkeit und Schweigen sind die stummen Begleiter im Elternhaus der Ernestine Weiger. Alle Ansätze, sich aus dem unseligen Teufelskreis von Verdrängen und Vertuschen zu lösen, münden für sie in der Erkenntnis: „Die Vergangenheit ist das Kreuz, das wir ein Leben lang mit uns herumschleppen müssen." Kurze Männerbekanntschaften endeten für sie im Desaster. Eine Liebe aus jungen Jahren zerstob im Nebelhaften. Der Gedanke an das Verschwinden ihrer Jugendliebe Franz will sie nicht loslassen. Sind möglicherweise Menschen aus dem Umfeld ihrer Eltern in sein Wegbleiben verwickelt?

Der Autor

Hartmut Brümmer studierte in Berlin Russisch und Tschechisch. Viele Jahre übte er den Beruf des Dolmetschers und Übersetzers aus. Brümmers Leben nahm seinen Anfang in der Gegend, wo Oder und Neiße zusammenfließen. Berlin, Frankfurt a.M. und Hamburg waren prägende Stationen in seinem beruflichen und auch privaten Leben. Heute lebt und arbeitet er in Bienenbüttel, einer Gemeinde zwischen Lüneburg und Uelzen. Mit seinem Roman „Unkenstimmen" war Brümmer 2019 zum ersten Mal an die Öffentlichkeit gegangen.

Hartmut Brümmer

Das Wagnis

Roman

Bibliografische Information der
Deutschen Nationalbibliothek:
Die Deutsche Nationalbibliothek verzeichnet diese
Publikation in der Deutschen Nationalbibliografie;
detaillierte bibliografische Daten sind im Internet
über
http://dnb.dnb.de abrufbar.

© 2021 Hartmut Brümmer

Umschlagsgrafik: Karl-Heinz Scharf

Herstellung und Verlag: BoD – Books on Demand,
Norderstedt
ISBN: 978-3-7526-8438-4

1

Das Aufregendste an Wallnitz war der Fluss mit seinen schilfigen Buchten, in die man sich vor der restlichen Welt unsichtbar machen konnte. Die Dommeln verrieten, wo das Schilf am dichtesten war. Näherte man sich ihnen, verstummten sie, huschten ins Dickicht und harrten dort aus, bis wieder Ruhe einkehrte, um mit ihrem eintönigen Trommelgesang erneut einzusetzen.

Durch das glucksende Wasser stakten die Kinder aufgeregt mit offenen Mündern. Es hieß, Soldaten hätten sich in ihrer Angst vor dem herannahenden Feind in den letzten Kriegstagen im wispernden Schilf versteckt. Sie seien, so jedenfalls raunten die Dorfbewohner, nicht vom Feind getötet, sondern vom Morast verschlungen worden. Keines der Kinder wollte in den Verruf der Feigheit geraten, der Morast, der zwischen den Zehen als dicke Pampe hindurchglitschte, weckte Assoziationen, ganz zu schweigen von den schrecklichen Schlingpflanzen. Mit einem Feigling spielt man nicht, mit dem will man nichts zu tun haben, feige sein hieß: ausgegrenzt sein. Feigling war noch schlimmer als Petze. Angstschauer liefen über ihre Rücken, doch niemand wäre bereit gewesen, dies vor den anderen einzugestehen.

In den Hochsommertagen wagten sie sich weiter in den Fluss hinein, der Wasserstand war niedrig, die Strömung hatte an Bedrohlichkeit verloren, das Wasser war warm. Die Kinder trafen sich ohne Verabredung, wie von einem Instinkt geleitet liefen sie hinunter zum Fluss, flogen von zu Hause aus fort wie die Vögel, die, scheinbar unmotiviert, aber doch alle auf einmal, wie auf ein geheimes Kommando hin aufflatterten, um sich, als hätten sie es so miteinander ausgemacht, auf einem offenbar vorherbestimmten Baum niederzulassen.

Erni spielte sich immer als die Mutige auf. Niemand sonst wagte sich soweit in die Flussmitte vor, wenngleich es verboten war. Am jenseitigen Ufer verlief die Grenze, dort lauerte der Gegner. Jede Gestalt, die dort auftauchte, schürte Ängste, erzeugte gruselige Bilder, trat eine Lawine von Ahnungen los, die nichts Gutes verhießen. Erni trotzte allen Warnungen. „Macht euch bloß nicht in die Hose!", rief sie den anderen von der Flussmitte aus zu und ließ ihre blanken Pobacken aufblitzen. Ihr voller Name war Ernestine, doch so wurde sie nur dann gerufen, wenn man es sich mit ihr offen angelegt hatte, was selten vorkam. Erni kannte keine Scheu, geschweige denn Scham. Als jedoch ihre Brüste begannen, sich deutlich in Form und Größe von denen der Jungen abzuheben, war es mit Ernis Schamlosigkeit vorbei. An den ersten Wölbungen ließ sie die Jungen noch teilhaben, bot voller Stolz dar, was sich unter ihrer Bluse ereignete, selbst die eine oder andere Berührung ließ sie anfangs noch zu, doch dann war mit einem Mal Schluss. Auch die Beine spreizte sie nicht mehr. Kein Blick mehr auf das nicht immer fleckenfreie Höschen, das sich in ihren Schamlippen verfangen hatte. Von nun an trug Erni einen Badeanzug, in den sie sich, im Gebüsch versteckt, mit ihrer neuerlichen Schamhaftigkeit zwängte.

Fast schien es unmerklich, aber doch stellten die mittlerweile zu milchbärtigen Jungen und prallbusigen Mädchen herangewachsenen Kinder eines Tages fest, wie sich ihre Reihen gelichtet hatten. Die jungen Männer und Mädchen stoben in sämtliche Himmelsrichtungen auseinander. Im Fluss wurde schon lange nicht mehr gebadet, auch Erni tat es nicht mehr. Erni fuhr an die See. Sie verreise, sagte sie. Auch andere fuhren irgendwohin, manche gingen weg und kamen nie wieder. Nie mehr. Nur wer verreist, der kommt wieder.

2

Jahre später kehrte sie eines Tages von einer ihrer See-
reisen zurück, milchschokoladenbraun und mit von
der Sonne gebleichtem Haar, das ihr Gesicht wie eine
Botschaft vom Meer umwellte und sie wie ein Segel
im Wind umflatterte. Sie kam nicht allein. Der junge
Mann, mit dem sie auf den Bahnhofsvorplatz hinaus-
trat, trug zwei seesackartige Taschen. Erni blieb für
einen Augenblick am Ausgang stehen, ließ ihre Augen
über den Bahnhofsvorplatz schweifen, sagte „hach!"
und gab den Weg in Richtung Bogenwalder Straße
vor. Sie hatte ihren Eltern auf einer Postkarte signali-
siert, dass sie nicht alleine käme. Jetzt plötzlich kamen
ihr Zweifel, ob die Karte auch rechtzeitig angekommen sei. Und überhaupt, wie würden sie reagieren?
War doch nur für kurze Zeit, sie wollte es ganz einfach wagen, ihn mitzunehmen, auf der Durchreise
sozusagen, für drei Tage, oder auch zwei. Vorerst jedenfalls für zwei Nächte. Was war schon dabei. Un-
vorstellbar, dass jemand etwas dagegen einzuwenden
haben könnte. Platz genug war ja vorhanden, ein
Zimmer war immer frei, das von Oskar, der sich so
oder so kaum noch zu Hause blicken ließ. Und wenn
er mal kam, hatte er immer eine Freundin dabei, und
das tolerierten die Eltern schließlich auch.

„Das ist Wolf", stellte sie ihre männliche Beglei-
tung vor.

Wolf sagte: „Hallo!" Ihr Vater sagte: „Tach" und
ihre Mutter: „Unverhofft kommt oft."

„Na los, kommt schon, nur nicht so förmlich,"
sagte Erni und zog Wolf dichter an sich heran. „Ihr
habt doch meine Karte bekommen?"

Die Eltern hatten die Karte bekommen, doch das
verschwiegen sie. Sie sagten auch nicht, dass sie sie
nicht bekommen hätten. Doch Ernestine tat so, als
erwarte sie gar keine Antwort, als interessiere sie das
überhaupt nicht mehr, als hätte sie die stumme Reaktion ihrer Eltern übersehen. Sie brachte Wolf zu seinem Zimmer.

„Dein Reich", sagte sie und ließ sich in seine Arme
fallen. Sie drückte ihr Gesicht in seinen wirbligen
Haarschopf und atmete tief ein. „Mein Vater, der ist
manchmal so komisch", sagte sie, als wollte sie ihn
beschwichtigen. „Aber das meint der nicht so." Sie
ließ das Buch „Stumme Liebe", die Nachtlektüre ihres
Bruders, schnell im Schrank verschwinden. „Besonders wenn er einen schweren Tag hinter sich hat. Eigentlich sind alle Tage für ihn schwer, meint er. Die
arbeiten gerade an einem neuen Projekt. Und eigentlich arbeiten sie immer gerade an einem neuen Projekt, mit Kalkulation und Statik und all diesem Zeugs,
aber davon verstehe ich sowieso nichts."

Als sie in die Küche kam, stand ihr Vater am Spültisch. Er wusch ab, wo es kaum etwas abzuwaschen gab. Er ließ die Teegläser hart und aufreizend aneinanderschlagen und knallte sie auf die Abtropfvorrichtung, als wären sie aus Metall.

„Zwei Tage, sagtest du. Na ja, soll das Zimmer von deinem Bruder nehmen, von mir aus. Wer ist das überhaupt, dein Neuer?"

„Wolf ist kein Neuer, das weißt du genau."

„Also gut, vielleicht ist er ganz nett."

Ganz nett, darauf legen sie sich fest. Nett und freundlich und hilfsbereit. *Treu* machte aus diesem Trio ein maßgeschneidertes Quartett. Üb immer Treu und Redlichkeit – ist es nicht das, was ihre Welt zusammenhält?

Als ihre Mutter wie aus dem Boden gewachsen plötzlich neben ihr stand, redete sie, als setzte sie die Worte ihres Mannes übergangslos fort:

„Sieht etwas abgerissen aus, aber sagt man was " Sie rubbelte mit dem Geschirrtuch die Geschirrteile spiegelblank. „Guck dich doch mal hier um, bist doch jung und siehst aus. Trappschuhs Horst, der Hotte, ein feiner Kerl, bald schon der Letzte aus deinem Jahrgang, studiert, und was er vor allem hat: Manieren."

Ein netter Junge, ja doch, das ist der Horst. Nett und adrett, das ist es, was *sie* für mich möchten. Herrgottnochmal, als ginge das einfach so: Sich umschaun. Studium, ein Mann mit Manieren, und ab zum Standesamt. Sie sollten wissen, dass ich auf solch einen

Typ wie den Hotte nicht reinfallen werde, tun aber so, als wüssten sie es besser als ich. Männer wie dieser sind *ihre* Altersversicherung, nicht meine, an so einen werde ich mich nicht hängen. Ich brauche keine Versicherung, und eine wie den Hotte schon ganz und gar nicht. Im Grunde genommen wollen sie mich gar nicht loswerden, jedenfalls nicht so richtig. Männer wie Horst sind eher die Garantie dafür, dass ich ihnen erhalten bleibe. Die Tochter immer in der Nähe, immer greifbar, Horst als Lebensversicherung und ich, später, ihre Pflegeversicherung. In Dankbarkeit auf immer und ewig.

Sie reagierte nicht auf die Worte ihrer Mutter. Die zeigte sich leicht pikiert. „Das so Knall auf Fall, das mag ich wirklich nicht. Ein fremder Mann, einfach so. Auch wir müssen uns darauf einstellen. Gott, Erni, hoffentlich geht das gut, pass bloß auf!"

Es ging nicht gut. Wolf setzte nach zwei Nächten seine Reise fort. Erni spürte auf Schritt und Tritt, wie ihre Mutter sie beide beobachtete, ihnen nachspionierte, hinterherschnüffelte im wahrsten Sinne des Wortes: Sie roch an den Kopfkissen, den Laken, beschnupperte die Handtücher, Wolfs nachlässig hingeworfene Wäsche, selbst dessen Socken; sie ließ sie beide nicht aus den Augen. Ernestine sah ihre Trauermiene, als litte sie unter der Last des Besuchs. Sie vernahm ihr geräuschvolles Seufzen, bemerkte, wie sie unruhig von einem Raum zum anderen hin- und hertrippelte, so als hätte sie es eilig, als müsse sie in letzter Sekunde vor einer Abreise schnell noch dieses und jenes erledigen. Wieder und wieder rief sie ihre Tochter zu sich wegen irgendeiner Handreichung. „Du kannst mal Zwiebeln schneiden". „Der Mülleimer." „Die Tischdecke muss gebügelt werden." „Wir brauchen für den Kuchen noch ein paar frische Eier." „Der Geschirrspüler müsste ausgeräumt werden." „Muss ich denn in diesem Hause alles alleine tun." Immerzu fehlte etwas, blieb noch ein Rest an Unerledigtem. Ernestine glaubte, nachts vor dem Zimmer, in dem Wolf untergekommen und sie zu später Stunde heimlich zu ihm reingeschlichen war, den Atem ihrer Mutter zu vernehmen. Dass da draußen jemand stand, dessen war sie sich sicher. Die Dielen knarren nicht von alleine. Sie hatte sich danach gesehnt, mit ihm unter eine Bettdecke zu kriechen, diesem Wolfsjungen, ihn ohne jede Verhüllung zu spüren, blank, wie die Natur ihn und sie geschaffen hatte.

In ihren Tagträumen spürte sie das Verlangen nach seinem schmalen Körper, der ihr etwas Zerbrechliches signalisierte, eine Zartheit, die in ihr Empfindungen wachrief, die eine verschüttete Sehnsucht aufleben ließen. Sie glaubte, sie fände erst wieder dann zu ihrer zuvor mühselig erarbeiteten Nüchternheit zurück, wenn sie diese neuerliche Sehnsucht gestillt haben würde. Wolf anstelle von Franz. Sie hatte gehofft, dass es ginge. Es gab für sie keine Austauschbarkeit

Als sie am darauffolgenden Morgen das Wohnzimmer betrat, waren die Augen ihrer Mutter ostentativ auf die überdimensionierte Uhr auf der Anrichte gerichtet. „Wie spät das schon ist. Ich war schon so gut wie weg", sagte sie. „Wo was ist – du weißt ja Bescheid. Ich muss denn mal!" Was sie denn mal müsse, ließ sie, wie stets, offen.

Irgendetwas gab es für sie immer noch zu erledigen, nicht nur in der Küche, in *ihrem* Haushalt, auch in der Stadt. Sie hatte dort das eine oder andere zu besorgen, suchte den Discounter auf, über den sie sich am Tage zuvor im Sonderangebotsfaltblatt über die preisgesenkten Restposten informiert hatte; und sie hatte Termine: Fußpflege, Zahnarzt, eine Freundin mit dem Geschäft Fünfzig-plus-Mode. Eine Zeitlang ging sie sogar zur Gymnastik, auch für Fünfzig plus. Manchmal fiel ihr aus heiterem Himmel ein, dass die Schränke ausgewischt werden müssten, das habe sie von ihrem Zuhause, ihrer Mutter, so übernommen, das steckt so in einem drin, das kriegt man nicht weg, rechtfertigte sie ihren Tatendrang.

Ernestine registrierte ihren trippelnden Schritt im Hausflur, registrierte den Knacklaut des Türverschlusses und sah sie übers Küchenfenster ins Auto steigen und in Richtung Stadt davonfahren.

So versucht sie, mich zu deckeln, als wäre ich noch immer das kleine Dummerchen, als ginge ich nicht meinem Beruf nach, als verdiente ich nicht mein eigenes Geld, sogar mehr als sie gern sähe, es wäre ihr lieber, ich bliebe mit meinen Einnahmen unter meinem Niveau. Wie lange geht das noch gut? Das ist die falsche Frage. Gut geht es schon lange nicht mehr. Wie lange *kann* das noch so weitergehen, wäre die richtige Frage. Das warme Nest wärmt nicht mehr. Hat es jemals gewärmt? Das vierte Gebot. Überall haben sie es angeheftet, an jede Tür, an jede Wand, an jeden Schrank, auf allen Kissen ist es draufgestickt, kein Schondeckchen ohne es. Weg von hier? Doch wohin? Bei diesen Gedanken erahnte sie sein Nahen.

Wolf kam mit bloßen Füßen in die Küche, mehr geschlichen, als dass er sie betrat. Ernestine wusste, dass sein Anblick ihren Vater vergnatzen würde. Wenigstens Socken hätte er sich überziehen können, und wenn er sich schon nicht rasierte, hätte er wenigstens sein struppiges Haar etwas bändigen können. Aber es war außer ihnen kein anderer im Haus, Wolf erspürte das. Wie witternd schlich er von der Küche ins Wohnzimmer, steckte seine Nase nach draußen auf die Terrasse und sagte: „gut, gut" und zog dabei die Nase kraus. Ernestine ahnte, dass sein erster Auftritt im Hause ihrer Eltern auch sein letzter sein würde.

3

Sie hatte bei ihrer ersten Begegnung mit ihm das Empfinden, ein Wolfsjunges aufgelesen zu haben. Eigentlich hieß er Winfried, aber diesen Namen verwarf sie sofort. Wolf stand inmitten eines Rudels anderer Wölfe, aber doch nicht so richtig mittendrin. Fast erweckte er den Eindruck, von den anderen ausgestoßen zu sein. Aber er war nicht ausgestoßen, vielmehr folgte er dem Rudel im Schlepptau, vielleicht, weil er sich ohne die anderen einsam fühlte, vielleicht aber auch, weil ihm die robusteren Jungtiere eine Art Schutz boten. Schutz vor Anfeindungen, Angriffen, Ausgesetztsein. Das Rudel, dem sie entgegenlief, machte ihr nur widerwillig Platz, aber sie besann sich auf den Trick, der bisher immer gewirkt hatte: aufrechter Gang, flotter Schritt, die Augen auf eine einzelne Person fixiert, nur keine Anzeichen von Schüchternheit zeigen. Pfiffe, Anzüglichkeiten: „Geiler Arsch!" „An deinen Titten möchte ich nippen." „Da geht dir schon vom Hingucken einer ab." Ihre Augen hatten sich in Wolfs Augen verfangen. Was er ihnen zurief, hörte sie kaum noch. Als sie sich außer Gefahr wähnte, wandte sie sich kurz um und erblickte ihn. Er war ihr gefolgt.

„Was ist?", fragte sie.

„Die sind nicht so", erwiderte er.

„Vielleicht."

Wolf überlegte, kramte in seinem Gedächtnis nach den passenden Worten, wurde nicht so recht fündig, sagte dann aber nur lapidar: „Also denn."

„Vielleicht sieht man sich, ich bin heute Abend in der *Kalten Flunder*", warf sie ihm hin.

Der Schreck fuhr ihr in die Glieder. Was habe ich getan, was habe ich gesagt, was mag der von mir denken? Habe ich es nötig, solch einen Typen anzumachen, der garantiert um einige Jahre jünger ist als ich? Ich bin Journalistin, rechtfertigte sie sich. Ist unter diesem Aspekt nicht jede Begegnung mit einem anderen Menschen von Belang?

Sie traf ihn in der *Kalten Flunder*. Und von dort hatte sie ihn in ihr Elternhaus mitgeschleppt.

Als er nach zwei Nächten ihrem Elternhaus fernblieb, vermisste sie ihn zunächst schmerzhaft. Eine heftig zuckende Wunde, die aber, so heftig wie sie aufgebrochen war, sich verflüchtigte wie eine Kanne Wasser in einem ausgetrockneten Boden. Sie überließ sich der Melancholie, die sie in solchen Momenten der Leere überzog wie ein Schatten. Bis sie eines Tages feststellte, dass nichts, aber rein gar nichts von ihm an ihr haften geblieben war. Vielleicht doch die Erinnerungen, die sie mit ihm verknüpfte; seine Ungeschicklichkeit bei ihren ersten Intimitäten, über die sie hinweggelacht hatte; auch er hatte gelacht, verlegen, leicht verkrampft, wie ihr schien. Und als er sich wieder eingekriegt hatte, kippte sein Lachen um in eine egozentrische Grobheit, die sie über sich ergehen ließ im Wissen, dass es ja doch gleich vorbei sei. Doch immer auch in der Erwartung, er könne ihre Sehnsucht stillen, dies eine Mal wenigstens.

Wolf ging, die Sehnsucht blieb. Doch nicht die Sehnsucht nach ihm.

Ach, der Franz. Wäre er nur nicht gewesen. Pläne, Illusionen, Verheißungen. Keine Versprechungen, goldene Berge schon gar nicht. Aber dass er wiederkäme, diese Gewissheit trug sie immer noch in sich; und käme er tatsächlich zurück, dann ginge es so richtig los. Mein Gott, achtzehn Jahre damals: Ein Nichts, und doch schon alles. In diesem Alter denkt man schnell, der Kopf ist voller hüpfender Ideen. Wirst sehn, hat er immer gesagt. Wenn das alles vorüber ist, dann legen wir los. Ein Kindskopf, er wollte alles mit einmal: Geld, Haus, Kinder, und vor allem mich, sagte er. Und wenn das hier nicht klappt, dann geht's rauf aufs Schiff und ab nach Amerika. Da gibt es alles, gute Arbeit und gutes Geld. „Ich und Amerika" – das konnte sie sich nun ganz und gar nicht vorstellen. Was würde sie da tun?

Allen Ernstes hatte sie sich dennoch Gedanken gemacht, hatte so ihre Vorstellungen. Man kommt dort an, verlässt das Schiff, hört die fremden Laute, die Anordnungen, die man nicht versteht. Steht vielleicht nur so rum, ratlos, müde von der Überfahrt, vielleicht sogar hungrig und durstig, in der einen Hand den

Koffer mit den Papieren, dem Poesiealbum, der Brennschere, die sie auf jeden Fall mitzunehmen hatte, wie sonst sollte sie die Korkenzieherlocken wieder herrichten. Die in Amerika mögen ja alles haben – aber Brennscheren? In der anderen Hand das Bündel mit dem bisschen Wäsche. „Nur nicht zu viel mitnehmen", hatte sie sich vorgenommen. „Wenn´s nur für die ersten paar Tage reicht, man kann sich dort alles neu kaufen. Wo es so viel Überfluss gibt, da wird ja wohl auch für uns etwas abfallen."

Genauso hatte sie sich das damals zurechtgelegt. Mit Franz, da kann man alles anfangen, auf Franz ist Verlass. Wenn es doch nur nicht so weit wäre, dieses Amerika. Tausende Kilometer, und dazwischen nur Wasser, soweit das Auge reicht. Etwas beängstigend fand sie das schon.

Doch er kam nicht wieder. Vielleicht, dachte sie manchmal, hatte auch der Franz sich am Fluss im Schilf versteckt, hat ihn der Morast in die Tiefe gezogen, eine grausige Vorstellung. Ihre Trauer um Franz glitt über zu einem seelischen Dauerschwebezustand, Lange lebte sie mit dem offenen Hintertürchen, von dem sie sich erhoffte, dass er doch noch eines Tages über diese Schwelle treten würde.

Warum ist es bei allen anderen so einfach. Gehen zusammen ins Bett, so mir nichts dir nichts, kriegen Kinder. Machen ihr Ding.

„So ist nun mal das Leben", hatte ihr Vater gesagt. „Sollte es denn anders sein? Man muss nur anfangen damit. Das überkommt jedem mal: Etwas Besonderes sein zu wollen, da bist du keine Ausnahme." Er winkte mit der Hand ab und lehnte sich zurück in seinen Schaukelstuhl *Jeder muss sein Gleichgewicht finden,* lautete eine seiner Lebensweisheiten. Und sich zu vergraben bringt ohnehin nichts. „Du nimmst alles viel zu ernst, Treue bis in den Tod, also wirklich."

„Hör endlich auf!!", hatte sie ihn angeschrien. „Woher willst du wissen, dass er tot ist! Ist der Tod deine einzige Antwort auf das Leben? Was war denn mit Friedrich?! Gleiche Brüder, gleiche Kappen?" Sie erschrak über ihre heftigen Worte. Voller Verzweiflung und heulend war sie in ihr Zimmer geflüchtet, hatte sich aufs Bett geworfen und war für den Rest des Tages für niemanden ansprechbar geblieben.

Sein Gleichgewicht suchte ihr Vater im Schaukelstuhl, damit pendelte er sich ein bis zum Eindämmern. Sein Kopf kullerte zur Seite, manchmal flossen aus seinem halbgeöffneten Mund ein paar Tropfen Speichel, manchmal schreckte er auf, wenn seine Atmung ins Stottern geraten war. Dann räusperte er sich kurz, schlief, ohne die Augen geöffnet zu haben, sofort wieder ein. In solchen Momenten zog Ihre Mutter geräuschlos die Zimmertür zu und legte den rechten Zeigefinger auf ihre geschlossenen Lippen. Es hatte Ruhe im Hause zu herrschen. Zu später Stunde hatte sie sich von ihrem Bett erhoben, schlich nach unten, öffnete die Wohnzimmertür einen Spaltbreit. Er saß nicht mehr im Schaukelstuhl.

Ernestine hatte mittlerweile jeden Ansatz eines Gesprächs mit ihrem Vater über den Tuschel-Friedrich aufgegeben. Über den Friedrich sprach man nicht. Nein, nein, nicht über den, und schon gar nicht, wenn dann auch noch das Wort *Lager* in diesem Zusammenhang fiel. Ihre Eltern ergingen sich in Geheimniskrämereien. Wenn, nach ihrer Auffassung brenzlige Worte im Beisein von Kindern fielen, knickten sie das Thema. Friedrich, das war so ein Wort der brenzligen Sorte. Mann, Frau, Ehe, Geburten, Beerdigungen, darüber konnten sie sich bis in alle Ewigkeit auslassen. Wenn es nur mit Anstand geschah. Immer alles glattgebügelt, Falten wegstreichen mit der flachen Hand. Gespräche über Friedrich würden Falten aufwerfen. Knitterfalten, die kein Bügeleisen hätte glätten können. Ihren die eigene Geschichte aufarbeitenden Artikel hatte er beiseitegeschoben. Davon verstehe sie so und so nichts, kommentierte er verärgert. Zwischen diesen beiden „so" konnte sie sich aussuchen, womit sie diese Lücke ausfüllen sollte. „Der Friedrich war eigentlich ganz anständig" – zu dieser Aussage ließen sie sich noch herab. „Der war da einfach so reingerutscht." Sie merkten nicht, wie sehr sie mit diesen Worten an der Grenze der Sagbarkeit entlangschrappten. Hiermit hielten sie das Thema für abgeschlossen. Vielleicht dachten sie, man wisse ohnehin Bescheid, so wie man auch über Sexualität ganz einfach Bescheid zu wissen habe, was gibt es da groß zu diskutieren, peinlich beides gleichermaßen, ob nun Friedrich oder Sexualität. Und habe nicht schließlich auch sie, Ernestine, einen Bruder, und wie das wäre, wenn man über ihn schlecht redete, na das fehlte noch. Überhaupt, über Dinge, von denen sie nichts verstehe, sollte sie besser schweigen. Schweigevirus. Im ganzen Haus war dieses Virus präsent, nistete in der Kommode zwischen den gestärkten Bettbezügen und Laken, haftete an den blinkenden Töpfen und Pfannen, schlummerte in und unter den Betten, in und unter den Sofakissen, lauerte in jeder Ritze. Sie hatten eingeübt, miteinander umzugehen, ohne miteinander zu reden.

4

Wenn da nicht diese Frau mit den beiden Kindern wäre. Ernestine konnte sich von diesem Bild nicht losreißen. Davon sollte sie besser die Finger lassen, teilte der Verlag ihr mit. Sie drückten sich etwas eleganter aus, meinten es aber unterm Strich so und nicht anders. Sie lieferten auch den Versuch einer Erklärung: Das kann man drehen und wenden, wie man will, liebe Frau Ernestine Weiger - alte Frau hin, alte Frau her, das Kopftuch entbehrt hier jedweder Symbolhaftigkeit, so kleideten sich früher auf dem Lande die Frauen ab einem bestimmten Alter, und die geduckte Haltung kann ja auch andere Ursachen haben, anatomischer Art zum Beispiel, wen drückt das Alter nicht, sie können doch garnicht wissen, ob die Frau weiß, was ihr bevorsteht, und vielleicht steht ihr auch gar nicht *das* bevor, was sie, liebe Frau Weiger, dieser Frau auf diesem Schnappschussfoto unterstellen. Ein Zaun, nun ja, und Stacheldraht gab es nicht nur dort. Entweder driftet man ins Sentimentale ab oder ins Triviale, und dieser Oma (tatsächlich, das sagten sie so, so schrieben sie es) Worte in den Mund zu legen, kann nur schiefgehen, was sollte diese Frau den beiden Kindern sagen: „Wir machen einen kleinen Ausflug, es gibt gleich was zu essen" - so schreiben sie, Frau Weiger. Und weiter: „Nach der langen Fahrt, die frische Luft hier tut richtig gut." Mag ja sein, dass sie so geredet hat auf diesem Weg. Und dann, wir zitieren: „Der Benjamin, mein Jüngster, der war nicht so, nicht so zupackend wie der Josel, der war so ein Stiller, der setzte sich lieber an den Küchentisch und las, oder in die Ofenecke, woher der Schornstein rauchte, das kümmerte ihn nicht, manchmal gerieten die beiden Jungs heftig aneinander, kabbelten sich, zwei erwachsene Männer, lächerlich. Faulpelz!, schrie der eine. Angeber!, der andere, so wie ihr euch manchmal in die Haare kriegt. Verloren bin ich erst, wenn auch mein Geist verloren ist, sagte er, der Benjamin, als hätte er etwas geahnt. Josel zeigte ihm einen Vogel."

„Ich bitte Sie", so der Redakteur, „liebe Frau Weiger, die Kinder sind doch, na, sagen wir mal, so sechs, sieben Jahre alt, höchstens acht, was können die mit einem verlorenen Geist anfangen. Und überhaupt, wie kommen Sie auf einen Benjamin, einen Josel? Das unterstellt doch dieser alten Frau eine gewisse Zugehörigkeit. Aber weiter: Und wieder der *Geist*: ‚Wenn ich nicht wäre, würde dein Geist einfrieren' ‚Geist macht keine warmen Füße'. Eine schöne Metapher, liebe Frau Weiger, doch in diesem Stil können sich Herren gesetzteren Alters unterhalten, nicht aber eine alte Frau mit zwei kleinen Kindern an der Hand auf dem Weg inja, wohin eigentlich? – Aber lassen wir das, Sie wissen das doch auch. Doch dann, weiter: ‚Wohin? In den Himmel, ins Paradies. Quengelt nicht so rum, was sollten denn Papa und Mama von euch denken, wenn ihr so verheult ankommt.' – Das sitzt!, das könnte man so stehen lassen, mehr davon!"

Der Redakteur begründete die Ablehnung ausführlicher als sonst bei ihm üblich. Dass die Redaktion sich mit der Entscheidung, den Artikel zurückzuweisen, schwergetan hat, hatte er, um Erklärung bemüht, ihr mitgeteilt. Aber man müsse auch an den Leser denken, das verstehe sie doch, der Leser sei schließlich der Kunde und der sei nun mal der König. *Opportunistenbblatt*, reagierte Ernestine verärgert.

Der Ernestine anschreibende Redakteur ließ durchblicken, dass er für sich allein anders entschieden hätte – was Ernestine Raum genug zur Interpretation seiner Eloquenz bot.

Zweierlei Zurückweisungen. Über die Ablehnung der Redaktion kam sie hinweg. Ihr Vater hatte den Text nicht bis zu Ende gelesen, er hat ihn vom Tisch gewischt wie ein lästiges Insekt. Hatte er in Wirklichkeit nicht *sie* vom Tisch gewischt? So empfand sie es, der Stich schmerzte lange Zeit. Mehr noch als der weggewischte Text schmerzte sein Kommentar: Wie sie es wagen konnte, sich auf ein Thema einzulassen, von dem sie keine Ahnung hätte.

„Dann lass es mich ahnen!", reagierte Ernestine.

Er blickte verdutzt und etwas hilflos um sich: „Das Kind ist aus der Art geschlagen." Mit diesen Worten hatte er für sich die Lösung gefunden, die jedes Widerwort im Keim erstickte.

Wie versteinert saß sie vor dem PC, der bunte Vogel flatterte über den Bildschirm mit immer den gleichen Flügelschlägen. Sollte man doch das Vergangene ganz einfach auf sich beruhen lassen? Dieser Gedanke war ihr schon öfter in den Sinn gekommen. Deckel zu und fertig. Sein Gleichgewicht finden, hat er gesagt. Wenn er es doch gefunden hätte.

Eines Tages fand sie in ihrem Briefkasten ein Schreiben mit dem Briefkopf des Blattes vor, für das sie schrieb. Das war ungewöhnlich. Wenn sie mit der Redaktion korrespondierte, dann fast ausschließlich übers Internet oder per Telefon.

Werbung?, fragte sie sich, oder eine Einladung zu irgendeinem Jubiläum? Sie riss den Umschlag auf. Als Erstes fiel ihr Blick auf den Namenszug des Redakteurs. Er habe sich, so schrieb er, noch einmal mit ihrem Text befasst, und er würde sich freuen, wenn sie sich bereit erklärte, sich mit ihm dazu zusammenzusetzen, und zwar außerhalb der Redaktionsräume, mehr so privat, gewissermaßen. Er nannte auch schon Ort und Zeit und endete „Mit freundlichen Grüßen, Ihr Kramer."

Was sollte sie tun, wie sich verhalten? Ihr erster Gedanke war: Anmache, eine ganz billige Masche. Und außerdem: Warum ruft er nicht ganz einfach an, warum dieses halboffizielle Gebaren. Sie steckte das Schreiben in den Umschlag zurück und legte es zu dem Stapel, den sie *Unerledigtes* nannte.

Die Entscheidung, auf seinen Vorschlag einzugehen oder nicht einzugehen, machte sie zunehmend nervös. Wenn ich darauf nicht reagiere, hält er mich womöglich für eine dumme Gans, andererseits könnte es auch sein, dass er mich dann hintansetzt, mich einordnet unter ferner liefen. Ich sollte ihn anrufen.

Sie rief ihn an. Ja, sie freue sich und sie sei gespannt, was er ihr zu sagen hätte. Ein Gespräch, wie es kürzer und knapper nicht sein konnte. Sie fürchtete, der Anruf könnte in eine andere Richtung abgleiten, sie schob Eile vor, ein Termin, und hastig drückte sie den Ausschaltknopf.

5

Ihr Vater hat sie auf ihre verbale Attacke gegenüber seinem Bruder Friedrich nie wieder angesprochen. Sie gingen sich aus dem Weg, so gut es die häuslichen Umstände möglich machten. Der Gedanke, räumliche Distanz zu ihrem Elternhaus zu schaffen, verfolgte sie seither mehr denn je. Sie besorgte sich Zeitschriften aus Regionen, von denen sie sich versprach, dort eine Zäsur wagen zu können. Sie versteckte die angestrichenen Stellenausschreibungen in der hintersten Ecke ihres Schreibtisches, studierte wieder und wieder deren Wortlaut, wog die Möglichkeiten ab, die sich aus einer Zusage ergeben könnten, stellte sich vor, wie sie auf Zimmersuche ginge, wie sie sich neu einkleidete, tough, so sollte es sein. nur nichts Biederes. Sie übte Einstellungsgespräche ein, jedenfalls dachte sie sich das so, wie solch ein Gespräch ablaufen könnte. Ihr gegenüber der Personalchef, freundlich, lächelnd, unverbindlich, der sie heimlich aus den Augenwinkeln heraus taxieren würde. Werde ich dem standhalten können? Schließlich ist diese Zeitschrift kein Kreiskäseblatt, und der Topf, aus dem sie sich würde bedienen können, wäre voll. Noch nicht ganz schlüssig war sie sich darüber, wie sie ihr Unternehmen ihren Eltern vermitteln sollte. Auf jeden Fall würde sie ihr Vorhaben erst dann offenlegen, wenn sie die Anstellung unter Dach und Fach hätte. Sie informierte sich über die derzeit übliche Abfassung eines Bewerbungsschreibens, sie ließ den neuesten Anforderungen entsprechende Bewerbungsfotos anfertigen, auf denen sie sich selbst ganz passabel getroffen fand. Sie war vorbereitet.

Doch jetzt stand erst einmal das Treffen mit dem Kreisblattredakteur bevor.

Kramer erwartete sie im Tamara, in einer Gaststätte, in der Angestellte aus den umliegenden Büros sich zum Mittagstisch trafen. Ob die Wirtin selbst Tamara hieß, blieb ungeklärt. Jeder nannte sie Tamara, ob per Sie oder per Du, das schien ihr nichts auszumachen. Tamara strahlte unentwegt, sie wiegte ihre üppigen Hüften durch den Gastraum, ohne auch nur andeutungsweise mit den Körpern ihrer Gäste in Kollision zu geraten. Zur Mittagszeit musste sie einen Gang zulegen, sie war Essensausteilerin, Kassiererin, Geschirrspülmaschinenbestückerin in Personalunion, sie war auch Ansprechpartnerin für die kleinen, manchmal auch größeren Nöte der Gäste. Tamara hielt Pflaster bereit, sie verfügte über diverse Tinkturen bei Abschürfungen und Blasen, die man sich in neuen Schuhen zugezogen hat, sie verteilte, wenn es sein musste, Aspirin, hatte sogar in einem Schubfach unterhalb der Theke eine Art Geheimfach für Verhütungsmittel. „Man kann ja nie wissen", kommentierte sie diesen Vorrat.

Ernestine hatte sich auf ein Rendezvousgeplänkel eingestellt, sie hatte, was sie selten tat, einen Hauch von Lippenrot aufgelegt, für alle Fälle, doch nur nichts Aufdringliches, sagte sie sich. Auf Lidschatten hatte sie verzichtet, allein schon aus der Befürchtung heraus, es nicht richtig zu tun, da ermangelte es ihr an Erfahrung.

Auf Kramers geschäftliches Ansinnen hatte sie sich nur halbwegs eingestellt. *Tamara* war mehr der Ort für die Zwischentöne. Weitschweifig ließ sich Kramer über die derzeitige Situation im Verlag aus, sprach von drückenden Terminen, von Mitarbeitern ohne rechten Durchblick und solchen mit Durchblick, die ihnen so vehement fehlten. Fluktuation, sie wisse ja.

„Kurz", kappte Kramer seinen etwas lang geratenen Epilog, „eine Stelle ist vakant. Das Lektorat wartet auf sie", sagte er im Brustton der Überzeugung, so als drohte ohne Ernestine das Verlagsboot unverzüglich zu kentern. Ein etwas ungewöhnlicher Weg, dass er sie nicht sofort ins Verlagshaus eingeladen habe, aber er hielt es für besser, es so aussehen zu lassen, als käme die Initiative mehr von ihr. „Macht einen ganz anderen Eindruck", sagte er. Und sie könne sicher sein, dass er sich voll und ganz für sie einsetzen würde. Hätte er sonst diesen Schritt getan?

Kramers Angebot hatte sie in Verwirrung gebracht. Also doch eine dumme Gans? Rendezvous, dass ich nicht lache. Kann so etwas nur mir passieren?, ging ihr durch den Kopf

„Ja", sagte sie, „ich verstehe." Das kommt natürlich etwas plötzlich, und eine kleine Bedenkzeit
möchte sie sich schon noch ausbedingen, aber dieses
Vertrauen im Voraus, das wisse sie zu schätzen, sagte
sie, weil sie dachte, dass man es so sagen müsse.
„Danke."

„Gut", sagte er. „Es geht ja hier nicht um Minuten." Eine Woche, vielleicht zehn Tage, die Zeit
drückt, aber das könne sie sich ja denken, das moderne Geschäftsleben, sie wisse ja, wie das so ist.

Auf ihren Artikel kamen sie nicht mehr zu sprechen.

Sie fuhr nicht sofort nach Hause. Sie hatte das Gefühl, sich etwas Gutes antun zu müssen, etwas Aus-
gefallenes. Doch was sollte das sein? Eigentlich brauche ich nichts, dachte sie. Dieses Eigentlich – ist es
nicht mein ständiger stummer Begleiter? Eigentlich
habe ich doch alles, eigentlich brauche ich nichts
Neues, geht das noch vom letzten Jahr, eigentlich bin
ich gesund, eigentlich habe ich immer satt zu essen,
eigentlich kann ich für mich selbst sorgen, eigentlich
kann ich über mich selbst bestimmen, eigentlich geht
es mir gut, eigentlich geht das noch, eigentlich kann
ich mich nicht beklagen, eigentlich sollte ich zufrieden
sein. Sie bummelte durch die Straße mit den vielen
Geschäften, ging vorbei am Kaufhaus, wo es *auch
wirklich alles* gibt, wie ihre Mutter zu sagen pflegte. Sie
blieb vor einem Uhrengeschäft stehen und studierte

die kleingedruckten Schildchen mit Preisangaben, über die sie nur den Kopf schütteln konnte. So viel Geld für so wenig Uhr, fast hätte sie laut aufgelacht. Sie kam vorbei an einem Blumenladen, blieb kurz stehen, streckte ihre Nase den Lilien entgegen, schreckte hoch durch die Stimme, die ihr entgegenschrie: „Sollten sie einen Wunsch haben !". An ihren Augen vorbei zogen ein Drogeriemarkt mit blinden Schaufensterscheiben, Schuhgeschäfte, bei deren Auslagen ihr nichts anderes einfiel als der Gedanke: Bei diesen Absätzen kann man nur von der Haustür bis zum Auto gehen, um dort, im Auto, die Schuhe abzustreifen und sie gegen Bequemschuhe einzutauschen, denn Auto fahren mit solchen Absätzen, das geht ganz einfach nicht. Und dann, beim Verlassen des Autos, wieder der Schuhtausch: Bequem gegen High Heels. Aber warum nicht gleich bequem, alles in allem? Wieder schüttelte sie den Kopf. Lange Zeit verweilte sie vor einem Fotofachgeschäft mit dem Werbeschriftband quer über dem gesamten Schaufenster „Atelier für neuzeitliche Bildkunst", Fotografien im Quer- und Hochformat, Groß- und Kleinformat: quietschfidele Babys auf Eisbärfellimitaten; ein Mann hält seine Arme über seine tätowierte Brust verschränkt, die Bizeps aufgequollen wie aufgepumpte Ballons; Brautpaare, mal Glück verheißend lächelnd, mal sich mit spitzen Lippen küssend, manche in Positionen, die das Leben so nie und nimmer bereithält: Die Braut abgeknickt bis kurz vorm Umfallen, der Bräutigam in heroischer Stellung, als handle es sich um eine Ballettaufführung.

Sie betrat dann doch lieber das von ihrer Mutter so wärmstens empfohlene Kaufhaus. Was sie hier zu verlieren hatte, wusste sie nicht. Vielleicht doch einen Rock, eine Bluse, ein Kleid, eine Hose, einen Pulli, irgendwas Fesches? Aber dann stellte sie sich das Gesicht ihrer Mutter vor, wenn sie mit etwas Gewagterem daherkäme. Kind!, hörte sie sie ausrufen, bleib bei deinem Leisten! Womit sie meinte: Du, du schreib mal, das kannst du. Womit sie aber auch sagen will: Und mehr auch nicht. Als könne ausgerechnet die Mutter mehr: Hausfrau, auch ein achtbarer Beruf, ja was heißt Beruf – eine Berufung. Und wie viele Kinder ihre Großmutter großgezogen hat und ihre Mutter, zwar nicht mehr so viele, vier Kinder, das war doch auch ganz ordentlich, und sie selbst immerhin auch zwei. Jedes aufgezogene Kind ein stummer Vorwurf: Und du, Ernestine? Der brave Horst von der *Veritas* als Kinderzeuger. Sie fasste sich an den Hals.

Ich muss den Absprung packen, ehe es zu spät ist, nahm sie sich am Ständer mit den Blusen vor. „Ich werde nicht zur Redaktion von Kramer wechseln." Mit diesem Entschluss verließ das Kaufhaus ohne Einkauf. Plötzlich hatte sie es eilig, zu ihrem Auto zu kommen. Während sie die Straße hinuntereilte, kam ihr erneut Kramer in den Sinn. Hätte es nicht auch anders verlaufen können? Ich hasse es, immer aufs Geschäftliche reduziert zu werden. Mal ein Flirt, warum nicht, und warum nicht mit Kramer. Sieht doch ganz passabel aus, sehr männlich, hat einen gewissen Charme, sein verschmitztes Lächeln, sein sinnlicher

Mund. Ja, ich habe auf seinen Mund geschaut. Ich habe mir insgeheim vorgestellt, wie es wäre, wenn seine Lippen meine Lippen berührten. Ja, ich gebe es zu, seine sinnliche Ausstrahlung hatte mich erregt, und ich hatte mir eingebildet, er merke das, er werde das Thema wechseln, weg von dieser vakanten Stelle, sich etwas mehr mir widmen, und nicht allein meiner professionellen Tüchtigkeit. Aber nichts von alledem. Nichts, nichts.

Die nackte Schnecke Einsamkeit umrundete ihren Hals, ihre Kriechspur drohte ihr den Atem abzudrücken. Sie hielt nach einem Fleckchen Ausschau, wo sie für eine Minute hätte allein sein können, unbeobachtet; eine Bank in einer Grünanlage, eine verwaiste Bushaltestelle, auch eine Kirche wäre ihr recht. Sich setzen, ungestört, die Hände vor das Gesicht halten, einfach nur dasitzen, vielleicht sogar stumm weinen, nur nicht losheulen. Heulsuse, sagte Oskar und brachte mich damit so richtig zum Heulen. „Heult wieder Rotzblasen", baute er sich vor Mutter auf. „Als ob sie einen Grund dafür hätte." Ich *hatte* einen Grund dafür. Der Grund, das wart ihr, das Doppelgespann, wenn nicht gar Dreiergespann. Wem aber hätte ich das sagen können? „Was ist nur wieder los mit ihr?" reagierte die Mutter unwirsch. Dem folgte das Bedrohliche: „Hast du nichts zu tun?" Immerzu musste ich etwas zu tun haben. „Stier keine Löcher in die Luft!" Luft war vorhanden, und davon reichlich. Sich von alledem losreißen, ein Neubeginn, andere haben es doch auch getan. Doch wie stellt man das an? Auch die Schlange, die aus ihrer Haut schlüpft, bleibt die Schlange, die sie schon vorher war.

Unversehens stand sie vor ihrem Auto. Sie stieg ein, legte ihre Unterarme aufs Lenkrad, legte ihren Kopf auf die Unterarme. Wartete. Worauf? Es vergingen ein paar Minuten, der Druck in den Schläfen ließ nach. Sie ließ den Motor an und beschleunigte mit quietschenden Reifen.

6

Ursprünglich wollte sie mit der Bahn nach Frankfurt fahren, um die neue Stelle anzutreten. Doch dann dachte sie, dass sie flexibel sein müsse, und das nicht nur allein am Arbeitsplatz. Sie hatte nicht geahnt, wie mühselig es sein würde, das Auto in der Stadt zu parken. Den Preis für das Monatsticket im Parkhaus fand sie ärgerlich, doch eine andere Wahl hatte sie nicht. Erstaunlich schnell fand sie eine kleine Wohnung. Beim Anblick der kahlen Wände freute sie sich darüber, dass sie ganz allein und nur für sich die anderthalb Räume werde herrichten können. Vorerst begnügte sie sich mit einer Art Notbett; ein kippliger Schrank diente zum Aufbewahren größerer Kleidungsstücke, außerdem möblierte den Raum ein wackliger Stuhl vom Sperrmüll, ebenfalls vom Sperrmüll ein Tisch mit Resopalplatte, der ihr als Arbeitsfläche und Esstisch in einem diente. An den Wänden kein Bild, nicht einmal ein Kalender, das alles würde sich mit der Zeit finden. Es fand sich denn auch mit der Zeit das eine oder andere Ergänzungsstück, für sie eigentlich überflüssiger Kram, der aber das Zimmer doch etwas heimeliger machte. Ansonsten hielt sie sich mit größeren, zumal sperrigen Gegenständen zurück, schon allein, weil sie insgeheim davon ausging, dass sie hier nicht dauerhaft sesshaft sein würde.

Sollte ich mich dennoch hier *verwurzeln*, wie sie es nannte, dann wird sich schon noch das Übrige finden. An den Anblick der gegenüberliegende Häuserzeile hatte sie sich rasch gewöhnt, ja sie hielt es sogar für eine Bereicherung, das jenseitige Leben vor Augen zu haben. Bald hatte sie herausbekommen, zu welcher Stunde hinter welchem Fenster das Licht anging, wer wann von der Arbeit nach Haus kam; sie stellte sich vor, welche Geschichten sich hinter den fremden Scheiben abspielten: Feierabendlangeweile, Kinderaggressionen, Gekreische frustrierter Frauen, frustrierte Männer mit lockerer Hand, verbale Kämpfe ums TV-Programm, hinter denen sich verbale Kämpfe um das vermeintlich jeweils zustehende Recht verbergen. Dramen, seltener Komödien.

Früh morgens hatte sie es eilig, wie ihr Gegenüber auf der anderen Straßenseite auch. Das hatte sie aus dem überdrehten Hin- und Hergelaufe des Mannes mit Bart und der Frau mit verzwirbeltem Haarschopf geschlossen. Ein Kaffee im Stehen, eine Scheibe Brot mit irgendwas drauf, Zähne putzen, Klo, ein letzter Blick in den Spiegel, und ab. Sie wollte auf jeden Fall pünktlich sein.

Zeitgleich mit der jungen Frau mit dem Kleinkind im Buggy trat sie vor das Haus, sie grüßten einander, aus dem anfänglichen Zunicken war ein kurzer Wortwechsel geworden; sie lächelte dem kleinen Mädchen zu, wünschte einen guten Tag. Alleinerziehende, dachte Ernestine, und sie überlegte, wie sie sich verhalten, wie sie es managen, wie sie damit zurechtkommen würde, wie sich das bei ihr vereinbaren ließe:

Kleinkind, feste Arbeitszeit. Früher hatte sie sich manchmal vorgestellt, wie das wäre: Kinderwagen, Windelwechsel, ein schreiendes hilfloses Bündel, durchwachte Nächte, Stillen, Still-BH. Bei dem Gedanken, dass ihr dies alles bislang erspart geblieben war, fühlte sie sich frei, ja – befreit. Aber hier und jetzt, in Gegenwart dieser Frau, gestand sie sich auch ein, dass das allmorgendliche zerdrückte Lächeln des Mädchens im Buggy in ihr eine verborgene Saite anschlug, deren Schwingungen auf der Fahrt zur Redaktion nur nach und nach verebbten. Wenn sie die Wehmut allzu heftig plagte, ertappte sie sich bei abstrusen Einfällen. Anonyme Befruchtung von einem anonymen Samenspender. Empfängnis auf dem Gynäkologenstuhl, aber um Gottes Willen nicht von einem wildfremden Mann vorgenommen, denn mehr Peinlichkeit geht nicht. Oder sie würde es selber tun, vielleicht mit einer Pipette oder mit bloßem Finger, mehr als ein einziger klebriger Tropfen wäre nicht nötig. Woher aber den Tropfen nehmen? Wer verbirgt sich hinter diesem Tropfen, diesem aus fremder Lust geborenen Klecks? Würde sie es tun, wie sie es sich in aufgewühlten Nächten vorstellte, dann immer mit Franz vor Augen, seinem schemenhaften Bild, das sich über sie breitete wie ein feingesponnenes Netz, in dem sich ihr Körper verfing wie ein zappelnder Fisch. Nach jeder Masturbation befiel sie ein Gefühl der Leere, der Peinlichkeit, sie schämte sich für ihre Fantasien, fand sich abstoßend, erniedrigt, manchmal weinte sie hemmungslos, bis sie vom bleiernen Schlaf erlöst wurde.

7

Eines Tages stand ihr Bruder vor ihrer Tür. Er trug jetzt eine Brille, auf die er, wie sie deutete, offensichtlich stolz war. Und sie musste noch recht neu sein, unentwegt befummelten seine Hände das Gestell. Gewiss keine Billigware, dachte sie, in solchen Dingen lässt er sich nicht lumpen. Von ihr darauf angesprochen, meinte er: „Die Leute achten auf so etwas, die Kleinigkeiten, die machen's. Solidität, das schafft Vertrauen. Mandanten wollen das".

Er ließ seine Augen durch ihre Wohnung wandern, verkniff sich jedoch eine Kommentierung.

„Wird nicht ganz deinen Vorstellungen entsprechen", sagte sie.

Er zuckte mit den Schultern.

„Du hast dich verkrümelt", stellte er fest.

„Nennen wir es Neuanfang. Und deine Kanzlei?"

„Kann nicht klagen."

„Eigenartig", sagte sie, „du stehst vor mir und mich befällt ein Gefühl, als hättest du halb Wallnitz im Gepäck. Tee, Kaffee?"

„Tee."

Sie ging in die Küche, er ging zum Regal und entzifferte die Buchrücken. Vorwiegend Sachbücher, stellte er fest: *Sprache und Ökonomie*, versehen mit vielen Findezetteln; ein anderes, mit weniger Findezetteln versehenes Buch: *Ökonomie der Sprache*. Er schüttelte verständnislos den Kopf. Auch Klassiker, die, zum Teil noch im Schuber, einen unberührten Zustand signalisierten. Sollte sie als Redakteurin eigentlich gelesen haben, sinnierte er. Aber vielleicht hat sie die Bücher gelesen und sie in ihrer Pedanterie so zurückgestellt, dass sie diesen Touch der Unberührtheit behielten. Neben den Klassikern ein Buch mit dem Titel *Liebe in der Ehe*.

„Ja, Neuanfang, du hast es mir vorgemacht. Raus aus der Enge. Wallnitz, das Dorf am Ende der Welt. Ein Kollege von hier, so ein Schelm,hat mal nachgehakt: ‚Am Ende der Welt? Dann muss es auch ein Dorf am Anfang der Welt geben. Wo soll das denn sein?‘ Hier ist doch ganz anderer Zug dahinter, nicht so ein verschnarchter Provinzverlag. Hier wird man gefordert, wer was auf den Tisch legt, gewinnt Anerkennung." Und sie begann zu erzählen von ihrer neuen Position, wie sie aufgehe in diesem Strudel aus Besprechungen, Begutachtungen, Entscheidungen und dem Redigieren selbst. Was da so alles auf ihrem Tisch landet! Sogar an den kleinen geselligen Zusammentreffen in den Verlagsräumen beteilige sie sich, die meisten nur mal so auf einen Sprung, die Leitung toleriere das, solange es dem Betriebsklima dienlich ist: Urlaubsbeginn, Urlaubsende, Geburtstage, Autokauf, oder nur der Kauf eines neuen Kühlschranks:

auf dass er immer gut laufe. „Auf gute Kühlung!" Sie lachte.

„Wie weit das jetzt plötzlich alles zurückliegt, das Früher. Hätte ich mir nicht vorstellen können. Man muss es einfach nur tun, fortgehen. Hast du Kontakt zu den Eltern?"

„Zu Mutter schon, wir telefonieren hin und wieder. Und du?"

„Auch. Vater? Was soll man sagen."

„Er ist ein einsamer Mann."

„Ach ja? Härte macht einsam, vielleicht ist es das."

„Und Mutter? Sie ist doch da für ihn, immer."

„Sie ist in seinem Schlepptau, eigentlich ist er für sie eine Crux."

„Fragt sich nur, wer trägt wessen Kreuz. Er ist schlecht auf dich zu sprechen, kannst du dir ja vorstellen."

„Ich kann ihm nicht nach dem Munde reden. Immer endet es mit einem Eklat. Mit Nachgeben hat das nichts zu tun. Das Stück Friedrich, das er in sich trägt, das will er nicht ablegen. Wenn er es doch wenigstens versuchte. *Ich habe mir nichts vorzuwerfen*, sind dann immer seine letzten Worte, bis dahin kommt er, weiter nicht."

„Du bist selbstgerecht. Alle intelligenten Menschen sind selbstgerecht. Wenn du mich fragst, mir sind die Klugen lieber."

„Spitzfindigkeiten."

„Nein".

„Ja. Was weißt du denn. Kennst du das Mühlrad im Kopf, das sich dreht und dreht und alles zermalmt, und doch ist immer auch für Nachschub gesorgt. Schlag die Zeitung auf, all die geschönten Halbwahrheiten. Wer im Nebel steht, sieht den Leuchtturm nicht, hört nur das Tuten. Alles hat seinen Anfang, und den sollte man beleuchten. Aber wozu sage ich dir das alles. Weshalb bist du hergekommen?"

„Wir sind Geschwister. Sollte das nicht Grund genug sein?"

Sie saßen sich gegenüber und schwiegen sich an. Ist das Grund genug?, fragte sie sich. Wir wären nicht die ersten Geschwister, die sich nichts zu sagen haben. Als Kinder machte jeder seine eigenen Spiele, die Rollen wurden verteilt und strikt durchgezogen. Weil man es halt so machte. Lass doch den Jungen! Wie oft habe ich das hören müssen. Nie: Lass doch das Mädchen. Das klingt ja auch nicht so. Schon allein dies ein kleiner Stolperstein. Einmal hat Vater mich auf seinen Schoß gesetzt, noch heute höre ich sein verlegenes Lachen. Mutter war mitten im Zimmer stehengeblieben und schoss vergiftete Pfeile zu ihm und mir herüber. Er setzte mich ab und klopfte seinen Rock glatt. An diesen Tag erinnere ich mich zu genau. Es war der Tag, wo sie zum ersten Mal sagte: Du kannst mir mal in der Küche helfen. Oskar hat nie in der Küche geholfen.

In das Schweigen hinein sagte Oskar übergangslos: „Vater hat Krebs, im letzten Stadium."

Mehr sagte er nicht. Diesen Satz hatte er von sich gegeben wie eine Wahrheit, die die bittere Gewissheit der Endgültigkeit in sich trägt. Dann wurde es wieder still im Zimmer. Sie nahm ihren Tee an ihre Lippen. Bevor sie trank, hatte sie mit einem Schlucklaut zu kämpfen, sie spürte ein trockenes Knacken in ihrer Kehle, sie glaubte, den Knacklaut zu vernehmen, zu hören, wie er sich im Raum ausbreitete und von den Wänden als Echo zurückgeworfen wurde. Sie nahm einen Schluck vom Tee und verschluckte sich. Die Wortlosigkeit dauerte an. Sie glaubte zu spüren, wie er auf eine Reaktion wartete. Was soll ich jetzt sagen, wie einen Gesprächsfaden aufnehmen, und überhaupt: Wer würde als Erster zu sprechen anheben. Krebs, dieser hässliche Gleichmacher.

Schließlich sagte er: „Aufmachen, zumachen, mehr konnten sie im Krankenhaus für ihn nicht tun. Er ist zu Hause, obwohl er das nicht wollte. Er dachte, er sei in einem Umfeld mit Ärzten und professionellem Pflegepersonal besser aufgehoben. Er dachte nur das, was viele Patienten denken, nicht jeder möchte so schnell wie möglich wieder zu Hause sein, das ist vielleicht sogar nur eine Minderheit. Aber sie behielten ihn nicht. Zu spät, direkter kann man es nicht sagen."

Sie saß in sich zusammengesunken. Ratlosigkeit befiel sie. Sie grübelte darüber nach, wie es weitergehen sollte. Die Situation, vor der sie, ihr Bruder, ihre Mutter standen - eine Beklemmung. Letztes Stadium, das heißt, dass der Tod zu Hause schon angeklopft hat. Sie wusste, dass es nichts zu beschönigen gäbe, sie nannte die Dinge beim Namen, für sich ganz allein. Doch die Dinge beim Namen nennen, ist die eine Sache, die andere Sache ist: wie gehe ich damit um. Sie fühlte sich wie ausgehöhlt, hilflos. Was erwartet Oskar von mir, erwartet möglicherweise sie, Mutter, von mir? Ist er in ihrem Auftrag hier? Von ihr bisher kein Wort.

„Und Mutter?", fragte sie.

„Von ihr kein Wort."

Was will sie damit bezwecken? Sie wird an seinem Bett sitzen, ihm das Essen zubereiten, das Glas Wasser reichen, stumm das tun, was zu tun ist. Huldvoll, mit Opfermiene. So ist sie, ich kenne sie nicht anders. Die Augen leicht nach oben gerichtet, die Mundwinkel säuerlich herabgezogen. Hin und wieder ein versteckter Seufzer, vielleicht auch mal ein Wort, eine Frage nach seinem Ergehen, seinem Begehr, immer bereit zur sofortigen Erledigung, immer auf dem Sprung. Wie und wo hat man ihn gebettet: im elterlichen Schlafzimmer, im Wohnzimmer? Das fragte sie Oskar jetzt, Sie fragte nicht, welcher Körperteil, welches Organ befallen ist.

„Oben", sagte er

„Und jetzt?"

„Jetzt nichts", war seine Antwort. „Warten, mehr gibt es nicht zu tun."

„Warum bist du nicht früher gekommen? Oder Mutter selbst?"

„Genau das ist der Punkt. Wie du dich sperrst gegen die Eltern. Von euren Auseinandersetzungen weiß ich zu wenig, Mutter hat mir ihr Leid geklagt. Weißt du, wie sie dich nennt? Feldwebel."

„Hör auf!"

„Ist nicht meine Erfindung. Und wenn es mal um dich geht, empfindest du jeden Ansatz von Kritik als Philippika. Da tut sich ein Spalt auf, verstehst du, ein Spalt, der immer weiter auseinanderklafft. Kannst du denn nicht mal Frieden geben? Du mit deinem Gerechtigkeitsfimmel, was hast du denn davon? Das alles macht dich nur hässlich, kein Wunder, wenn keiner bei dir anbeißt."

Für diese Gehässigkeit hätte sie ihm im ersten Anflug von Aufbegehren am liebsten mitten ins Gesicht geschlagen. Sie verkrampfte, holte tief Atem, wartete auf das Abebben des gestauten Zorns. Warum?, fragte sie sich. Warum, was habe ich dir, was habe ich ihnen getan?

Er suchte nach dem Loch, wo hinein er seinen Wutausbruch hätte zurückstopfen können. So endet das immer mit uns. Ein Wort gibt das andere, die Worte schaukeln sich hoch, bis sie uns mit einem Knall um die Ohren fliegen. Hinterher kehren wir die Splitter zusammen, jeder für sich. Er nahm die Brille ab, fuhr sich mit dem Handrücken über die Stirn.

„Es reicht", sagte sie ernüchtert. Für ihn das Signal, dass er jetzt zu gehen habe. Grußlos verließ er ihre Wohnung.

Jetzt, da sie sich mit der Nachricht vom bevorstehenden Tod ihres Vaters – nein, sie sträubte sich nicht gegen den Gedanken an seinen Tod – allein gelassen fühlte, noch mehr allein, als sie es je zuvor empfunden hatte, musste sie gegen eine aufsteigende Übelkeit ankämpfen, das physische Unbehagen schnürte ihr die Kehle zu, alles Blut in den Adern schien zu erstarren. Die Demütigung war ihm gelungen, dachte sie. Vom Vater auf den Sohn, das ist doch nicht nur so ein Wort, und in allem, was aus ihren Mündern kommt, ist immer auch ein bisschen Friedrich drin, manchmal nur eine Prise, aber die genügt, um jede Suppe zu verderben. Sein überstürzter Weggang bedeutet doch nichts anderes, als ein Ausweichen vor Fragen, vor deren Antwort er sich drückt. Er löst Konflikte auf seine Weise, und wenn er ganz und gar nicht mehr weiterweiß, wählt er die Isolation, seine eigene und die der anderen.

In ihrer Hilflosigkeit, die sie in Momenten wie diesem befiel und die bei ihr sehr schnell in Angst umschlagen konnte, suchte sie nach etwas, dass sie auf einen anderen Gedanken hätte bringen können. Minutenlang verharrte sie wie erstarrt in der Sitzhaltung, die sie eingenommen hatte, als ihr Bruder die Tür mehr als unsanft hinter sich zugeschlagen hatte. Die Stille, die er hinterließ, umschloss sie wie eine dumpfe Hülle. Nichts als Vakuum, dachte sie. Nichts und niemand, an das und an den zu denken es sich lohnte. Alles nur Dumpfheit und Leere, Angestrengt überlegte sie, wen sie hätte anrufen können. Hannah, mit der sich so etwas wie eine lockere Freundschaft anzubahnen schien? Wenngleich, an Hannah störte sie deren Hang zum Spirituellen, für alles hielt sie eine Erklärung parat. Auf das Wort *Aszendent* reagierte Ernestine allergisch. „Mit mir nicht, wie kann man so etwas an sich heranlassen." Hannahs Entgegnung: „Du musst dich drauf einlassen, es annehmen. Dann erkennt man auch die Inhalte, wirst sehn."

Die Frau mit dem Kinderwagen fiel ihr ein, doch sie verwarf diesen Gedanken als nicht umsetzbar. Sie würde sie anhören, gewiss. Doch was sollte *sie* ihr sagen. Dass sie sofort mit jemandem reden muss, weil die Stille sie erdrücke? Nur fünf Minuten. Keine Beichte, keine Herzensergüsse, nur auf ein Wort, über die Arbeit, über das Kind, über das Wetter, von mir aus auch über die anderen Hausbewohner, etwas Klatsch, etwas Tratsch, über das Leben, wie es nun mal so ist. Oder sollte sie ihre Mutter anrufen? Nein, sie nicht, entschied sie. Morgen, ja, dann werde ich es tun.

Ach Franz, wärst du doch nur da. Sie warf sich eine Jacke über und verließ ihre Wohnung. Sie eilte die Straße hinunter, ein Ziel hatte sie nicht.

8

Sein Tod trat schneller ein als erwartet. Dass er zu erwarten war, da machte sich niemand etwas vor, auch ihre Mutter nicht. Wenngleich sie jeden zurechtwies, der es auch nur andeutungsweise wagte, auf das Unvermeidliche hinzuweisen. „Solange man lebt, gibt es Hoffnung." Und: „Das hat er nun wirklich nicht verdient." Mit diesen beiden Sätzen ertrug sie tapfer seine letzten Tage.

Das Prozedere seiner Beisetzung verlief eher unspektakulär. Ein Häuflein Trauergäste. Nachmittags Kaffee, Kuchen. Ein knappes Abendessen in noch engerem Kreis. Ernestine dachte an ihre Verlagstermine, ihr Bruder korrespondierte den halben Abend lang über seinen Laptop mit seiner Kanzlei, wobei Ernestine sich fragte, wer sich denn zu vorgerückter Stunde noch in der Kanzlei aufhalte. Ihre Mutter beteuerte zum hundertsten Mal, welche guten Seiten er doch gehabt habe, ihr Mann, der Vater. Wie er sich aufgeopfert habe für seine Familie. Und dass er jetzt unter der Erde liege, dass könne sie noch gar nicht fassen. Ernestine setzte zu ein paar Versuchen an, sie aufzurichten, die aber kläglich scheiterten. Alles zu frisch, zu früh, alles brauche seine Zeit, erst recht, sich in eine neue Situation einzufinden. Und schließlich, ging es nicht auch um den Verlust des Vaters? Doch bei diesem Gedanken stockte sie. Ich hatte mich gefürchtet vor dem, was mich hier erwarten würde, aber jetzt scheint mir das alles so banal, so abgeschmackt, unrealistisch. Er hat kein einziges Wort für mich hinterlassen, vielleicht haben seine Kräfte nicht mehr ausgereicht, vielleicht hat er es versucht, keine große Geste, aber doch ein Fingerzeig, wenigstens dies. Mutter hätte es mir gesagt, da ist auf sie Verlass. Wenn ich jetzt anfange, in Vergangenem zu kramen, kommen meine Gedanken vollends ins Stottern. Morgen, morgen fahre ich zurück, zurück in den Verlagsbetrieb, zurück in den Alltag, zurück in meine Fluchtburg.

Sie saßen am Abend länger beisammen, als es sonst früher bei ihnen zu Hause üblich war. Oskar hatte seinen Laptop abgeschaltet. Er bemühte sich ihr gegenüber um einen lockeren Plauderton, hatte Jackett und Schlips abgelegt, leerte Glas um Glas aus der letzten Flasche, die ihr Vater hinterlassen hatte. Vom Flur her dröhnten die Gongschläge der Standuhr, die Mutter saß auf dem Sofa, der Kopf war ihr auf die Brust gesunken, ihre Augen waren geschlossen, ihr Atem ging unregelmäßig, kleine Zuckungen huschten über ihr Gesicht. Zum ersten Mal an diesem Tage keimte so etwas wie Mitgefühl in Ernestine zu ihrer Mutter auf, eine Welle aus Nachsicht und Wärme flutete hinüber zu dieser Frau, aus der sie auf die Welt gekommen war. Sie versuchte, sie sich vorzustellen als junge Frau: mit schmaleren Hüften, einem stets zum Lachen bereiten Mund. Albernes Gackerhuhn habe ihre eigene Mutter, Ernestines Großmutter, sie genannt, immer den Kopf voller Flausen. Und heute? Seit einer Woche Witwe mit einem Habitus, der sämtliche Klischees einer bekümmerten alten Witwe bedient. Wie sie sich vorstellen mit einer Haut ohne Flecken und Runzeln? War sie attraktiv, war sie schön? Ist das die Frau, der ich vielleicht immer ähnlicher werde, jedes Jahr ein bisschen mehr, vielleicht jeden Monat, jeden Tag? Niemand schlüpft aus seiner Haut.

Oskar leerte das letzte Glas, die Flasche war leer, seine Augen hatten einen glasigen Schimmer angenommen, er erweckte den Anschein, als wollte er zum Sprechen anheben, er öffnete den Mund, ein verhaltener Rülpser entschlüpfte ihm, er winkte mit der Hand ab, eine Geste, so als wollte er sagen: Reden habe ohnehin keinen Sinn.

Ihre Mutter beendete diesen Tag mit den Worten, mit denen sie seit ewigen Zeiten jeden Tag beendet hatte: „Kinder, es ist Schlafenszeit."

Am Folgetag löste sich die kleine Trauergemeinschaft auf. Oskar machte versteckte Anspielungen auf einen möglichen Erbanspruch, worauf der Mutter die Kinnlade runterklappte. „Oskar, du? Aber hör mal! Er ist doch noch gar nicht richtig unter der Erde", reagierte sie.

Oskar fixierte seine Schwester: „Und du, du sagst ja gar nichts. Denkst du immer noch an deinen Franz?

Wer dir eine Antwort geben könnte, den gibt es jetzt nicht mehr."

„Schluss jetzt!", rief ihre Mutter. „Das war doch nun wirklich nicht nötig, Oskar." Mit fahrigen Bewegungen räumte sie das Frühstücksgeschirr ab.

Oskar band sich seinen Schlips um, murmelte irgendwas von *Geschäftlichem*, warf sich in sein Auto und brauste davon.

„So ist er nun mal, dein Bruder. Aber dennoch, ein guter Junge", reagierte die Mutter.

Das Gefühl der Wärme und Nachsicht, das Ernestine am Vortage ihrer Mutter gegenüber empfunden hatte, verpuffte wie die Luft aus einem defekten Ballon.

9

Kurz nach ihrem Bruder verließ auch Ernestine ihr Elternhaus. Warum hat Oskar das gesagt. Was weiß er, was ich nicht weiß? Diese Fragen begleiteten sie auf der Fahrt zu ihrer Wohnung in Frankfurt. Erst wenige Kilometer vor der Stadt verwehten ihre Grübeleien wie eine dunkle Wolke am fernen Horizont, sie musste sich auf den dichter werdenden Verkehr konzentrieren. Das Gerangel der hinter ihr fahrenden Autos ging ihr auf die Nerven, von einer Lichthupe fühlte sie sich bedroht, Angst befiel sie, die Kontrolle über ihr Fahrzeug zu verlieren, ihre Hände wurden feucht, das Lenkrad glitschig. Wie Schutz suchend zwängte sie sich zwischen zwei Brummis. Irgendwie fühlte sie sich jetzt sicherer. Im Zuckeltempo scherte sie bei der Ausfahrt *Nord* in Richtung Innenstadt aus. Am kommenden Freitag wird die Redaktion einen Ausflug machen. Vom Tod meines Vaters werde ich ihnen nichts sagen. Beileidsbekundungen mit mühselig aufgesetzter Beileidsmiene? Nein danke, nicht mit mir.

Sie hatte sich zuvor schwergetan mit ihrer Teilnahme am Ausflug. Sie hatte vereinbart, sich von Laubach mitnehmen zu lassen, falls sie doch ein Gläschen trinken sollte, „man weiß ja nie", hatte er orakelt. „Na, da kommt ja eine richtige Fuhre zusammen. Und wenn ich auch ein Schlückchen nehme, macht mir das nichts. Die Promillegrenze, wissen Sie, die ist viel zu niedrig angesetzt, oder zu hoch, kommt darauf an, wie man das betrachtet. Schulz und Richter werden auch noch zugeladen." Da könne sie sich aussuchen, neben wem sie zu sitzen wünsche. So sagte er es: *zu sitzen wünsche*, und seine gespreizte Wortwahl bereitete ihm sichtlich Vergnügen, er zwinkerte ihr zu und lachte. „Das wird wieder ein richtiger Knüller. Sie werden sehn."

Dieses Beisammensein hatte noch nicht einmal begonnen und schon wünschte sie sich, dass es vorüber sei. Sie hätte nicht gedacht, dass man es auch hier genauso machte wie daheim: eine Betriebsfeier, mit Ausflug zur hiesigen *Schrotmühle*. In ihrer Kreisstadt ging man zum *Krug*, mit Essen und Trinken, hier machte man eine Kremserfahrt ins Grüne. Zu Hause gab es keine Kremserfahrt, sondern Schnitzel, Bier und Korn. Hier lagen Rippchen und Sauerkraut auf dem Teller, und hier wie dort ging alles auf Verlagskosten. Gleich nach vorgezogenem Feierabend, nach drei Uhr, spätestens, ging es los. Bei ihrem früheren Provinzverlag konnte sie dem gespreizten Getue des Verlegers im *Krug* nicht ausweichen, einmal im Jahr, das sollte dem Zugehörigkeitsgefühl dienlich sein. Wenngleich die Festangestellten keinen Zweifel daran ließen, sie spüren zu lassen, dass sie eben doch keine *Feste* sei. Die Blicke stets ein klein wenig von oben herab, beim Reden immer um Nachsicht bemüht. Sie hatte eingesehen, dass es hier erst recht kein Ausweichen gab.

Sie saß auf dem Beifahrersitz. Schulz und Richter ließen ihr *den Vorzug*, wie sie sagten. Den Vorzug hatte sie erst nach einigen Kilometern begriffen. Bei einem Blick auf die hintere Sitzbank sah sie, wie sich die beiden an den Händen hielten und etwas dümmlich vor sich hinlächelten. Sie war irritiert und hätte am liebsten Fragen gestellt. Aber natürlich sagte sie nichts, schon allein weil sie fürchtete, als Unschuld vom Lande abgetan zu werden. Stattdessen lächelte nun auch sie in Richtung Laubach, der ihr Lächeln bereitwillig aufgriff und ihr zurücklächelte, wobei er seine Schenkel spreizte, sie leicht nach vorn schob und einen Annäherungsversuch an Ernestines Schenkel wagte. Sie versuchte, die Distanz zwischen ihren Körpern zu vergrößern, um für weitere Angriffe weniger Raum zu bieten. Laubach tat so, als hätte er ihre Igelabwehr nicht registriert, sein Lächeln hatte einem ziemlich unverfrorenen Grinsen Platz gemacht. Frech, dachte Ernestine, begann aber dennoch, an seiner Spitzbübigkeit einen gewissen Gefallen zu finden. So also machen sie es, die Kerle. Einen Versuch wert ist es ihnen allemal. Sollte ich heute sein Opfer sein? Doch was heißt hier Opfer, schließlich bin ich kein Stück Wild, das man einfach so mir nichts dir nichts hinterrücks und hinterlistig mit Lockungen und sonorem Timbre in der Stimme, mit unverhohlenen oder auch versteckten Anspielungen, mit melancholischen Samtaugen und beredten Händen aus den Fängen zappelnder Hilflosigkeit errettet.

„Der Dicke ist schon da", sagte Laubach, als sie dem Lächel-Auto entstiegen. „Aber das sollte ich besser nicht so laut sagen. Was der schon für Diäten hinter sich gebracht hat, hat alles nichts geholfen."

Der Dicke, das war Lenz, der Chefredakteur. Man sagte ihm nach, dass er Schlag bei Frauen habe. Die Vorstellung amüsierte Ernestine; denn nie und nimmer konnte sie sich vorstellen, worin der Reiz liegen sollte, sich diesem Fass hinzugeben. Macht macht sexy. Mein Gott, wie platt, dachte sie. Und welche Macht hat der schon. Ohne seine Leute ist er ein Nichts. Sie ließ andere Männer mit ähnlicher Leibesfülle an sich vorüberziehen, bis hin zu Magnaten aus der Industrie, Größen aus der Politik, Herren von der Kurie, die auch nicht immer die Schlanksten sind. O Gott! Und *o Gott!* sagte sie auch bei dem Gedanken an jene Männer, die sich bis auf die Unaussprechlichen entkleideten. Die Unaussprechlichen, das waren die feinrippigen Baumwollunterkleider, von denen manche bis zu den Knöcheln reichten und im Sitzbereich blubberten. Ob es die denn überhaupt noch gibt? Auch darüber machte sie sich an Laubachs Seite Gedanken.

Etwas ratlos stand die Ausflugsgesellschaft auf dem Parkplatz, die Hälse zum Himmel gereckt, manche mit etwas säuerlich verzogenen Mienen. Ob denn das Wetter halte, schließlich wollten sie draußen sitzen, an der frischen Luft, und die Raucher dachten an die doch etwas erniedrigend empfundene Situation, wegen jeder Zigarette vor die Tür gehen zu müssen. Laubach streckte seinen mit Speichel angefeuchteten Zeigefinger kerzengerade in die Luft: „Der Wind kommt von dort, also bleiben wir draußen, die Wolken verziehen sich, immer mit dem Wind. Auch die Kremserfahrt ist gerettet."

Wie lange denn die Kutschfahrt dauern werde, wollte Ernestine wissen. Laubach, der es hingekriegt hatte, neben ihr seinen Platz zu haben, sagte: „Kremserfahrt. Wir sind doch noch gar nicht richtig angekommen, und schon erkundigt sich das Lektorat nach der Abreise. Irrtum, schöne Frau, wir sind hier nicht auf der Buchmesse." Er ließ seine Worte über die Schulter hinweg erschallen und erntete Gelächter.

Warum sollte es ausgerechnet hier anders sein, dachte Ernestine. Kleinstadt, Großstadt, verwaschene Konturen. Sie befürchtete, sich die immer wiederkehrenden Witzchen anhören zu müssen, die ihr auch beim Kreisverlag um die Ohren flogen. Je später der Abend, desto plumper der Abrutsch ins Frivole. Sie hat`s beim *Kreis* nie bis zum Schluss ausgehalten, alle wussten es, alle schienen es zu tolerieren, neckten sie mit *Pflichten, die sie rufen, Kindern, die nach Brot schrien,* sibyllinischen Sprüchen: *Na, uns machen Sie doch nichts vor, ja ja, die stillen Wasser.* Diesmal hatte sie sich vorgenommen, bis zum Schluss auszuharren, was anderes blieb ihr auch nicht übrig, hatte sie sich doch auf die Mitfahrgelegenheit eingelassen. Verstohlen folgte sie Laubachs Alkoholkonsum, den er mit immer noch einem Glas Wasser und Käsehäppchen zu kompensieren versuchte. Sie dachte sich insgeheim schon andere Rückzugsgefechte aus: Übernachten in der *Schrotmühle*, ein Taxi, der Nahverkehrsbus. Doch dann verwarf sie den Gedanken, weil sie glaubte, man könne dies als Brüskierung auslegen. Soweit wollte sie es nicht kommen lassen, das könnte der Anfang von Tuscheleien hinter ihrem Rücken, von offen fallengelassenen Spitzen im Kollegenkreis, von erwiderter Brüskierung sein. Ohne es so recht zu registrieren, lief auch über ihre Kehle das eine oder andere Gläschen, sie vergaß, was sie vor kurzem noch ersonnen hatte, ihre Zunge wurde gelöster, ihr Lachen unkontrollierter.

„Unser Lektorat, nicht wiederzuerkennen", frotzelte Laubach. Wenn er es doch wenigstens fertigbrächte, mich nicht mit *unser Lektorat* zu betiteln, ärgerte Ernestine sich. Insgeheim nahm sie sich jedoch vor, es ihm heimzuzahlen, irgendwann.

Am Büfett stieß sie auf Hannah. „Fast hätte ich dich letztens angerufen", sagte Ernestine. „Aber es war schon ziemlich spät, fast schon Mitternacht."

„Mich kannst du auch um Mitternacht anrufen. Wenn du was auf dem Herzen hast – zu jeder Tageszeit."

„Nein, nein, nichts von Belang. Ein Einfall, einfach nur so."

„Einfach nur so? Gibt es nicht. Und um Mitternacht schon gar nicht. Ein Mann?"

Ernestine musste lachen.

„Hast du nun oder hast du nicht."

„Welche Rolle sollte das spielen?", fragte Ernestine

„Solltest du aber haben. Merkst du nicht, wie der Laubach dir nachsteigt? Vorsicht, kann ich nur sagen."

Hannah häufte sich Salate und Hähnchenbrust auf den Teller, kokett balancierte sie ihn auf den ausgespreizten Fingern ihrer linken Hand, in der rechten schlenkerte sie mit dem Weinglas.

„Setz dich doch an unseren Tisch, geht doch hier alles sehr locker zu."

Das Büfett war umlagert wie eine Festung. Ernestine verlor die Lust, sich an der Schlacht zu beteiligen. Ein paar Blättchen, ein trockenes Knusperbrot, ein paar Traubenbeeren, das sollte ihr genügen.

„Sieht man, dass du auf die Figur achtest", sagte Hannah. „Sollte ich auch. Aber wenn´s nun mal da ist. Das Schöne an diesen Betriebsfeiern ist doch, dass die Partner nicht mit eingeladen werden. Ist so alles viel zwangloser. Fred, also mein Mann, dem würde das ohnehin nicht zusagen. Ist mehr so ein Einzelgänger. Hat ja auch was."

„Und du?"

„Was – und du?"

„Na ja, die Menschen sind doch recht unterschiedlich, Gott sei Dank. Einzelgänger, Mittelgänger, Doppelgänger. So hat jeder seine Gangart."

„Verstehe, kleine Deuterin. Aber dazwischen liegen noch viele Schattierungen. Sagen wir mal, ich bin eine Schattierung."

Ernestine spürte das einsetzende Klopfen an ihren Schläfen, sie bildete sich ein, man könne die pulsierenden Adern sehen. Nur das nicht, dachte sie. Wenn ich mich jetzt hier gehenlasse, bin ich für immer unten durch.

„Auf das Lektorat!", rief Laubach. „Ihr Glas ist ja fast leer. Na, so geht das aber nicht." Jemand schenkte ihr nach, fast randvoll, und Laubach prostete ihr über zwei Tische hinweg zu. Egal, dachte Ernestine, auf das bisschen kommt es auch nicht mehr an, und sie trank ihr Glas in einem Zuge aus und erntete Beifall.

Von der Kremserfahrt sind nur wenige Bilder in ihrem Gedächtnis haften geblieben. Alles in allem empfand sie die Fahrt ins Blaue in einem holprigen Kutschwagen eher anstrengend, wenn nicht gar öde, und sie registrierte auch die verstohlenen Blicke einiger Kollegen auf die Uhr, eine Stunde kann sich dehnen wie ein Gummiband.

Sie blieben anschließend noch auf einen Absacker, gaben sich launig. Hannah hob an, die Rolle eines Vamp zu spielen, räkelte sich lasziv auf ihrem Stuhl, warf mit wirrer Hand ihr Haar in den Nacken, eine

Geste, die einem Hollywood-Film zu entspringen schien. Ernestine beobachtete sie aus den Augenwinkeln und sie überlegte, ob es angebracht sei, ihr zu signalisieren, doch darauf zu achten, nicht zu entgleisen, denn Montag sähe die Welt wieder ganz anders aus: sachlich, geschäftig, hektisch. An Ausrutscher möchte dann niemand mehr erinnert werden. Hannah prostete in die Runde, zwinkerte ihr zu als Aufforderung, es ihr gleich zu tun.

Ernestine gab sich alle Mühe, sich das Kreisen in ihrem Kopf nicht anmerken zu lassen. Die Konturen begannen sich zu verwischen. Brillengläser, die auf sie gerichtet waren, funkelten grell, sie fühlte sich geblendet. Bei jedem Lacher blitzten Gebisse sie an, Gläser klirrten in ihr Ohr, Hannahs Zurufe prallten an ihr ab wie verirrte Ballwürfe, die man nicht auffängt, nicht zurückgibt. Sie vernahm eine Stimme ganz dicht an ihrem Ohr. Sie lächelte diesem warmen, sonoren Klang entgegen, schloss die Augen, Franz, dachte sie. Sie ließ sich fallen in die dunkle Sanftheit, blickte auf, erkannte Xaver, für sie eher eine Randfigur in dieser Gesellschaft, ein schlaksiger Typ aus der Wirtschaftsredaktion. Scheidung, zwei Kinder, das hatte der Klatsch ihr zugetragen, mehr aber wusste sie nicht.

Der gleiche Weg, na ja, fast, sagte er zu ihr. Und auch für ihn sei es an der Zeit zum Aufbruch, meinte er. Also worauf warten? Ja, worauf eigentlich, sagte sie, und sie verteilte hastig hingeworfene

Abschiedsworte, registrierte Laubachs *Nanu?* und Hannahs *Nana!*, und nicht ohne eine gewisse Diebesfreude, allen eine Nase gedreht zu haben, eilte sie auf Xavers Auto zu, schlug die Tür recht vernehmlich ins Schloss, wenngleich niemand mehr aus dieser Entfernung diesen Triumphknall vernehmen konnte, sagte *Na denn!*, glaubte sogar, es hiermit in gewisser Weise Laubach mit seinem Lektoratsgequatsche heimgezahlt zu haben, und ließ sich mit geschlossenen Augen entführen.

10

Sie trug schwer an dem, was am nämlichen Abend in ihrer Wohnung passiert war. *One-Night-Stand.* Das Wort schien ihr fast schrecklicher als die Tatsache selbst. Alles, was sich in den vielen Jahren der Abstinenz in ihrem Kopf an moralischen Vorbehalten, Ängsten vor Berührungen mit einem männlichen Körper, Befürchtungen, dem Drängen männlicher Erregung nicht mehr widerstehen zu können, angesammelt hatte, hatte sie fahren lassen. Alle Verhärtungen zerflossen wie ein Tropfen Öl auf dem Wasser. Franz zog hinter ihren geschlossenen Augen vorbei, nur Franz. Franz!, du Leichtigkeit meines Seins, mein unernster Zuhörer, du Herzbube, mein Prinz!

Als sie erwachte, vergewisserte sie sich, ob Xaver ihre Wohnung auch tatsächlich verlassen hatte. Sie durchstöberte alle Ecken und Winkel nach Spuren, die er womöglich hätte hinterlassen können: ein wenn auch noch so kleines Wäschestück, möglicherweise eine Socke, ein Taschentuch, gar ein Unterhemd oder was auch immer. Seine einzige Hinterlassenschaft war ein eingetrockneter Fleck mitten auf dem Laken, der ihrem Blick entgegensprang und sie anwiderte wie ein zerquetschtes Insekt.

Mit einem hastigen Griff riss sie das Laken vom Bett, stopfte es in die Waschmaschine, stellte die höchstmögliche Temperatur ein. Sie wusch sich ausgiebig die Hände, setzte sich an den Küchentisch und versuchte ihre Gedanken unter Kontrolle zu bringen. Franz, Wolf, Xaver – und wer bin ich? Wofür mag Xaver mich halten, wie soll ich ihm und den Kollegen, den Leuten unter die Augen treten? *Die*, mit *dem*, mit Xaver, ausgerechnet? Eine, mit der man leichtes Spiel hat? Franz, du warst nicht da! Dich habe ich gewollt. Wie konntest du mich im Stich lassen. Einfach weg, nur so, ohne ein Wort. Und sie dachte an den Fluss hinterm Dorf, an das schilfige Dickicht, an den Morast, an die durch die Zehen quetschende Pampe. Nein, Franz, dort liegst du nicht, das ist nur Einbildung, überspitzte Fantasie. Doch was hat Oskar gesagt? Konnte da was gewesen sein mit dem lieben Onkel Friedrich? War er einer von denen, den Kettenhunden? Dieses Wort war einmal gefallen, war ihnen so rausgerutscht, in einem unbedachten Moment am Kaffeetisch. ‚So etwas kannst du doch nicht sagen‘, hatte ihre Mutter empört reagiert. ‚Und dann noch vor dem Kind!‘ Was weiß ich denn wirklich von Friedrich? Tuscheleien, in die man alles reinlegen kann. Mein Vater und dessen Bruder Friedrich, jetzt sind beide fort, unerreichbar für alle Zeit. Zuerst du, Friedrich, und jetzt Vater. Und dann auch Du, Franz. Ihr habt mich allein zurückgelassen ohne Antworten. Jetzt werde ich mich um Mutter kümmern müssen. Sie wird es von sich weisen in ihrem barschen Ton. ‚Ich komme schon allein zurecht‘, wird sie sagen.

‚Habe ich es nicht immer gepackt? Euch zwei groß gezogen in schlimmer Zeit, euch bewascht, bekocht, eure Strümpfe gestopft, alte Pullover aufgedröselt, neue aus der Dröselwolle gestrickt, auch Socken, aus alt mach neu, gab ja kaum Wolle. Besorgungen gemacht.' Besorgungen, unter dieses Dach passte vieles. ‚Habt ihr jemals darben müssen?' Ja, das alles und noch mehr wird sie sagen, weil sie es immer gesagt hat, auch heute noch, wo niemand mehr darbt, niemand mehr alte Pullover aufdröselt, niemand mehr Socken stopft oder strickt, höchstens noch ein paar alte Weiber, die sonst vor Langeweile tot umfielen. ‚Ja, ja', höre ich sie sagen, ‚weil es im Laden kaum Socken gab, früher, so war das nun mal.' Wo fängt früher an? Sie ist stehengeblieben, eine angehaltene Uhr. Sie ließ das Leben vorüberziehen, sie schwamm nicht mit und sie schwamm auch nicht gegen den Strom, sie weigerte sich, eine Entscheidung zu treffen, davor schreckte sie zurück, das hat sie nie gekonnt. ‚Ich habe alles, ich brauche nichts, lasst mich doch in Frieden mit euren neuen Sachen, euren Ideen, alles so Gedanken, die führen zu nichts.' Tut sie mir leid, sie, eine alternde Frau? „Mit Friedrich hat das ja nun wirklich nichts zu tun", einer ihrer Standardsätze, wenn ihr bei der Erwähnung des Friedrich keine Erwiderung einfiel. „Du glaubst, schlauer zu sein. Das ist man immer hinterher. Und überhaupt, ob das alles so stimmt, was sie heute so über damals schreiben und reden."

Kein einziges Wort darüber, dass jetzt *sie* an der Reihe sei, die zu bewaschen und zu bekochen wäre. Sie brächte es nicht über die Lippen, nur kein Mitleid, würde sie sagen, ließe aber auch keine Gelegenheit aus, kleine, nun doch Mitleid heischende Tupfen zu setzen, Spritzer, die auf die Herdplatte zerplatzen, die der Deckel nicht zurückhalten kann. „Das habe ich *so* nicht verdient!" Ein Ausrufezeichen, das sie hinter alles setzt, was ihr *unverdientermaßen* zustößt.

Durch die Scheiben hindurch schien ihr die Sonne aufs Gesicht. Für zwei drei Minuten verharrte sie regungslos auf ihrem Stuhl. Die Sonnenwärme tat ihr gut, das Zerren an den Schläfen verflog, Ich werde ihr schreiben, nahm sie sich vor. Einen Brief, ganz altmodisch, so richtig von Hand und mit Tinte. Und in Gedanken legte sie sich die Worte zurecht, die sie zu Papier bringen werde. Ich muss es gleich tun, wenn ich das aufschiebe, tue ich es nie. Sie ging zu ihrer Arbeitsecke, legte ein Blatt Papier vor sich hin auf die Schreibplatte, strich es mit der Handkante glatt, wo es nichts glatt zu streichen gab, suchte nach dem Füller, den sie meinte im Schreibutensilienfach hinterlegt zu haben, fand ihn aber nicht, geschweige denn, dass ein Tintenfass aufzutreiben gewesen wäre. Kugelschreiber, nun also doch: *Liebe*Ihre Hand stockte: Mama, Mutter? Oder doch ihr Vorname, Martha? Nein, das nicht, klingt zu burschikos, entschied sie. Und sie stellte sich vor, wie sie allein bei der Anrede die Nase rümpfen würde. Respektlos, wäre ihre Reaktion. *Sie* hätte sich das Ihrer Mutter gegenüber nie erlaubt, niemals! Sie entschied sich für *Liebe Mama*, setzte ein Komma, starrte aufs weiße Blatt, wartete auf die ersten Worte, den ersten Satz, ausgerechnet sie, die sich mit ihrem ungekünstelten Stil, ihrer flotten Feder, ein gewisses Ansehen erarbeitet hatte, ausgerechnet sie konnte keinen Faden aufnehmen, suchte nach einem Anfang, nach dem Einstieg, von wo aus sie in den Schreibefluss hätte gelangen können. Doch da war nichts. Sie rief sich das Bild ihrer Mutter ins Gedächtnis: Eine Frau, die sich die Haare tönte seit vielen Jahren in immer dem gleichen Farbton: aschblond, da könne man nichts falsch machen, meinte sie; die großen Ohrclips, die ihre Ohrläppchen widernatürlich in die Länge zogen, da war auch nichts mehr rückgängig zu machen, die Läppchen blieben lang, auch wenn sie die Clips ablegte. In weit zurückliegenden Jahren sah sie sie in der Küche am Herd oder am Spülstein stehen, sie putzte immerzu, schrubbte, rieb blank. Manchmal sang sie in der Küche, aber immer nur dann, wenn sie glaubte, niemand höre ihr zu. Küchenlieder mit viel Schmerz, noch mehr Herz, Lieder von alten und jungen Förstern und holden Gärtnersfrauen, von geschändeten Mädchen, von Kindern, die von den Eltern verlassen wurden, nicht fehlen durfte der Soldat am Wolgastrand, aber auch Frivoles befand sich in ihrem Repertoire: Lustige Seefahrt, Lustige Witwe. Sie gehörte zu der Generation von Frauen, die an der Haustür sagten: „Da muss ich erstmal meinen Mann fragen, kommen sie wieder, wenn mein Mann zu Hause ist, ich kenne mich da nicht so aus, aber mein Mann." Sie war stolz darauf, dass sie es nie nötig hatte, so richtig arbeiten gehen zu müssen, und sie bedauerte die Frauen, die es tun mussten, und bei denen, die es nicht aus Not taten, war sie der strammen

Meinung, dass sie keine guten Hausfrauen seien, ein nach ihren Maßstäben unumstößliches Urteil. Sie las häufig, versank in der Lektüre, schreckte auf, wenn sie unterbrochen wurde. Ernestine hatte sich für die Lektüre ihrer Mutter nie so recht interessiert. Zwei drei Bücher hatte sie aus deren Fundus gelesen: Ganghofer, Courts Mahler – *das kurze Malheur,* lästerte ihr Vater. Ernestine hatte sich angewöhnt, die Stilblüten mit dünnem Bleistiftstrich anzumerken. Sie solle das sein lassen, wurde sie von ihrer Mutter angezischt, das sei eine Unart, und nicht jedes der Bücher gehöre ihr, sie gehöre zum Verleihkreis, und jetzt müsse sie alle geliehenen Bücher durchsehen und die Bleistiftanmerkungen ausradieren. Ernestine hat es bei diesen zwei drei Büchern belassen, ahnte damals nicht, welcher Anschub das für ihre spätere Berufsausübung sein sollte. Ihre Erziehung ließ sich durchaus auf den urspünglichen Sinn des Wortes *ziehen* zurückführen: *Ziehen.* Ihre Mutter zog an den Ohren, an den Haaren und an den Nerven, sie zog in eine Richtung, die ihr von ihrer eigenen Mutter, Tochter des Reichsbahn-Amtmanns Krüger, Mitglied in der NS-Frauenschaft, ja selbst von Gott, aber auch von ihrem Mann, vorgegeben wurde, obwohl dieser meinte, Erziehung sei Muttersache. Zuweilen ertappte Ernestine sie bei einem heimlich gekippten *Kräutergeist.* Flog sie auf, sagte sie: Das sei gut für die Galle, das habe sie heute wieder, und wie oft habe sie sich schon gesagt, sie sollte das Schmalz weglassen, aber eine kleine Sünde darf schließlich auch sie haben, wobei sie offen ließ, worin die Sünde bestand: im Kräutergeist oder im Schmalz.

Die Flasche versteckte sie verschämt in den Tiefen des Vertikos.

Sie schob das Blatt Papier an den Tischrand, legte den Kugelschreiber darauf, starrte ein paar Sekunden regungslos vor sich hin, riss sich von ihrem Sitz los, begab sich zur Kaffeemaschine in die Küche, füllte Wasser ins Wasserreservoir, legte einen Kaffeefilter ein, nahm die Büchse mit dem pulvrig gemahlenen Kaffee aus dem über der Kaffeemaschine angebrachten Wandschrank, schraubte den Deckel ab, zwei Tassen, fünf Löffel, zählte sie, füllte jedoch einen Löffel Kaffeepulver mehr ein, drückte den On-Knopf, wartete, bis die ersten braunen Tropfen in die Auffangkanne zu rinnen begannen, wartete, die Augen starr auf den dünn fließenden Kaffeestrahl gerichtet, wartete bis der letzte Tropfen gefallen war. Sie kehrte mit der dampfenden Kaffeetasse zu ihrem Arbeitsplatz zurück, weigerte sich, nachdem sie sich gesetzt hatte, ihre Blicke auf das leere Blatt Papier zu richten, schließlich ergriff sie das Blatt, zerknüllte es und warf es in den Papierkorb.

Wie viel Zeit muss vergehen? Geschehenes kann man nicht wegschreiben, sinnierte sie.

11

Die monotone Aufforderung der Stimme zerrte an ihren Nerven. „Hören Sie mich, hören Sie mich?" Sie hörte, aber sie fühlte sich außerstande, darauf zu reagieren. Und überhaupt fühlte sie selbst sich nicht angesprochen, da muss noch ein anderer sein, an den die Stimme gerichtet ist. Ich bin nur zufälliger Mithörer, ein Lauscher an der Wand wider Willen, Unbeteiligter, ohne mein Zutun hineingeraten in eine Situation, bei der ich mich frage, wie überhaupt ich hierher geraten bin.

Der dichte Nebel will nicht weichen. Alles wie in Watte gepackt, es gibt kein Oben und kein Unten, es gibt nur diese wabbelige Hülle, deren Substanz sie nicht einzuordnen vermochte.

In welcher Welt bin ich? Nirgendwo ein Halt. In die Substanz hineinzugreifen, will nicht gelingen, jeder Versuch ist ein Griff ins Leere. Jemand schnürt mir die Luft ab, quetscht mir die Lungenflügel, drückt mir ein Kissen auf Mund und Nase. Hört niemand den Hilferuf? Der Schrei geht nach innen, nicht nach draußen, er prallt an der wabbeligen Hülle ab. Der *Hören-Sie–mich-Rufer* hört mich nicht, aber warum vernehme ich die Stimme, wer ist der andere, an den er sich richtet? Ich liege auf einem schwankenden Etwas – ein Schiff, ein Boot, eine Schaukel, eine

Hängematte? Meinen Körper durchfluten Konvulsionen, mein Leib ist eine Trommel, gebläht, hart. Der Magen hat sich verschoben, er hat sich im oberen Teil der Speiseröhre niedergelassen, fordert Erleichterung, die ich ihm verschaffen möchte, was mir aber nicht gelingt. Ich werde in Seitenlage gedreht, das bekomme ich jetzt mit, ein feuchtes Tuch fährt über meinen Unterleib, ich werde trockengerieben. Ich will das nicht, lasst das, schämt ihr euch nicht!

Wieder in Rückenlage. Aus dem Nebel heraus schälen sich graue Konturen, ein Arm huscht über ihr Gesicht, dann ein zweiter Arm, ob zur selben Person gehörig, ist für sie nicht erkennbar. Ein Lichtstrahl trifft hart auf ihre Augen. Der Lichtstrahl verschwindet. Sie versucht, die Beine und die Arme zu bewegen. Überall Schnüre, Leitungen. Ich bin verkabelt, schoss es ihr durch den Kopf.

„Bleiben Sie ganz ruhig liegen", kommt die Stimme aus einem hellgrünen Kittel: „Wie fühlen Sie sich?"

Ernestine blinzelte. Überall Weiß, ein kahler Raum, Sterilität.

Der Frager wartet auf eine Antwort, es fällt ihr schwer, Worte, die ihr durch den Kopf schwirren, zu sortieren. Welche Rolle sollte es spielen, was ich ihm antworten werde. Sie setzt zum Sprechen an, bekommt aber keine einzige Silbe heraus. Ihr Mund ist taub. Ausgedörrt, vertrocknet, verödet, denkt sie. Ich werde nie mehr sprechen können. Ein anderer grüner

Kittel bringt sie in eine halbsitzende Stellung, reicht ihr einen Becher, lächelt ihr aufmunternd zu. Sie trinkt. Sie murmelt:

„Ich will nach Hause."

„Geht jetzt nicht", sagt die grünbekittelte Männerstimme. „Jedenfalls nicht sofort." Er lächelt. „Wenn Sie wieder richtig fit sindEin paar Tage bei uns. Geduld. Sie werden sehn."

Der grüne Kittel entschwindet. Eine Frau, ohne Kittel, betritt den Raum, nähert sich mit einem Stuhl ihrem Bett.

Ernestines Magen hat den oberen Bereich der Speiseröhre verlassen, doch das Gewusel um sie herum droht die wohltuende Erleichterung, die sie danach empfindet, wieder zunichte zu machen.

Die Frau stellt sich vor: Doktor Pelzer, psychologischer Beratungsdienst. Die Stimme geht ihr auf die Nerven. Piepsig, kratzig, schrill. Was habe ich mit ihr zu schaffen?

„Ich muss schrecklich aussehen", sagt Ernestine mit schwacher Stimme.

„Nein", sagt Doktor Pelzer, „das bilden Sie sich nur ein, das denken die meisten Patienten. Wen sollten wir verständigen?"

„Ich komme allein zurecht." Da war sie plötzlich, ihre volle Wachheit. Und ihre Mutter.

Schlagartig erkannte sie, wo sie sich befindet, weshalb man sie hierhergebracht hatte.

„Wie Sie meinen", sagt Doktor Pelzer, verharrte aber mehrere Minuten stumm auf ihrem Stuhl. Schließlich sagte sie: „Ihre Nachbarin hat uns verständigt, Sie wissen schon. Doch jetzt ruhen Sie sich erstmal richtig aus. Ich werde Sie später noch mal aufsuchen. Und wenn Sie mich brauchen, ich bin jederzeit für Sie da."

Ernestine versuchte zu rekonstruieren, was sich an diesem Abend zugetragen hatte. Sie hatte diesen Bogen Papier in den Papierkorb geworfen, hatte die Telefonnummer ihrer Mutter gewählt, hat dann aber nicht den Verbindungsknopf gedrückt. Plötzlich war da nur Leere in ihrem Kopf, so wenig, wie sie wusste, wie sie den Brief beginnen sollte, so wenig fiel ihr ein, was sie ihrer Mutter am Telefon hätte sagen sollen. Wie geht es dir? Sie kannte von vornherein die Antwort: „Wie soll`s schon gehn, du weißt ja." Und es folgt ein Bericht über die Niederschlagsmenge in den letzten vierundzwanzig Stunden, wenn`s nur nicht noch schlimmer kommt, du kennst doch unseren Keller. Die Temperaturschwankungen, unter denen sie zu leiden habe; das Rheuma; die geschwollenen Beine; der böige Wind, der an ihren Nerven zerre; kurz: ein Empfindlichkeitsbericht umrandet von einem Wetterbericht. Ernestine war dann in die Küche gegangen auf der Suche nach etwas Trinkbarem, einem Seelentröster, ein Glas Wein wäre recht, ein Likör, etwas, das ihr Nervenknäuel hätte halbwegs entwirren können. Doch da war nichts, so etwas führte sie nicht in ihrem Haushalt; eine kleine Flasche mit

Rum fand sie, den sie sich für alle Fälle zugelegt hatte, falls sie mal in die Verlegenheit kommen sollte, einen Schuss zum Würzen von Napfkuchen oder selbstgemachter Konfitüre zu benötigen, eine Standardausrüstung quasi, wie sie in keinem Haushalt fehlen sollte. Die Verlegenheit war ausgeblieben. Sie hatte das unangebrochene Fläschchen geöffnet, näherte ihre Nase dem Flaschenhals und verzog angewidert das Gesicht. Sie schüttete sich ein paar Tropfen auf die Handinnenfläche und lecke sie ab. Sie verschloss die Flasche und stellte sie möglichst weit nach hinten in den Küchenschrank. Sie löschte das Licht in der Küche, nahm auf einem Küchenstuhl Platz, verharrte für lange Minuten bewegungslos auf ihren Sitz in diesem dunklen Raum, rückte den Stuhl näher an den Tisch heran, stützte die angewinkelten Arme auf die Tischplatte, bettete ihren Kopf in die Hände und starrte vor sich hin in die Finsternis.

Wie ging es weiter, versuchte Ernestine sich zu erinnern, wie lief der Film ab?

Sie hatte sich entkleidet, hatte sich ins Bad begeben, duschte minutenlang mit dem Vorgefühl, dass das rinnende Wasser sie wenigstens halbwegs wovon auch immer befreien könne. Und tatsächlich war ihr so, als befreie das lauwarme Nass sie von einer schleimigen Schicht, sie hob abwechselnd die Füße, um nicht allzu lange mit dem weggurgelnden Wasser in Berührung zu kommen, sie duschte so lange, bis sie das Gefühl hatte, ihre Haut löse sich auf, sie verließ die Dusche und, eingehüllt vom Flausch des Bademantels, näherte sie sich ihrem Bett, nahm auf der

Bettkante Platz, kämpfte mit der Überlegung, ob es Sinn mache, sich sofort hinzulegen oder doch noch einmal am Schreibtisch Platz zu nehmen. Sinn habe weder das eine noch das andere. Kleine Kinder werden ins Bett gesteckt mit den Worten, dass am nächsten Morgen alles wieder gut sei. Es ist dann auch alles wieder gut. Aber ich bin kein kleines Kind mehr. Sie hatte sich erhoben, um sich ein Glas Wasser zu holen. Sie stellte das Wasserglas auf das Nachttischchen, zog das Schubfach auf, entnahm daraus die Schachtel mit den Tabletten, drückte sämtliche Tabletten aus der Folie heraus in das Wasserglas hinein, drehte mit dem Zeigefinder das Wasser im Glas solange, bis die Tabletten sich aufgelöst hatten, völlig aufgelöst hatten sie sich jedoch nicht, es blieb ein millimeterdicker weißer Bodensatz. Ohne abzusetzen leerte sie das Glas, um auch den Bodensatz einzunehmen, füllte sie noch etwas Wasser nach. Sie streckte sich der Länge nach auf dem Bett aus, abwartend, was geschehen werde. Die Herzschläge sollten sich beruhigen, so hatte sie sich es gewünscht; stattdessen spürte sie, wie die Herzschlagfrequenz begann sich zu erhöhen, ein leichtes Zittern durchfuhr ihren Körper. Die einsetzende Angst drohte ihr die Luft abzuschnüren. „Ist denn da niemand", murmelte sie. Die Frau mit dem Kind, fiel ihr ein, ich muss sie benachrichtigen, aber es ist um Mitternacht, das kann ich doch nicht machen. Sie erhob sich vom Bett, schleppte sich zu ihrer Arbeitsecke, schrieb mit fahriger Hand: *Ich brauche Hilfe. Mein Wohnungsschlüssel liegt unter ihrer Fußmatte. Ernestine Weiger vom dritten Stock*. Sie schlich die Treppe hinunter, jede einzelne Stufe war eine Hürde. Sie schob das Blatt über den unteren Türspalt in die Wohnung der Frau mit dem Kind, hinterlegte ihren zweiten Wohnungsschlüssel unter der Fußmatte, schlich auf allen Vieren hinauf zu ihrer Wohnung, legte sich wieder ins Bett, diesmal mit der Gewissheit: Egal wie es kommt, man wird mich finden. Das Zittern ebbte ab, die Herzfrequenz ging zurück, sie dämmerte in Träume hinüber, die sie in qualvolle Schreckensszenarien tauchten.

Jetzt, hier im Krankenbett, quälte sie der Gedanke, wie die Stumpf sie wohl vorgefunden haben mag. Als wimmerndes Bündel, beschmutzt, im Bett, auf dem Fußboden neben dem Bett, zerknautscht im Gesicht. Obszön? Sie wünschte sich, zu Hause zu sein, in ihrem Bett, hinter zugezogenen Vorhängen. Nichts sehen, nichts hören. Vor allem: niemanden sehen, keine hilflosen Verständnisversuche. Es gibt nichts zu verstehen, was wisst denn *ihr*! Sie nahm sich vor, das Minimum an Zumutbarem in diesem Krankenbett durchzustehen.

Sie werde ihre Mutter von ihrer Wohnung aus anrufen, nahm sie sich vor.

12

Als sie nach Jahren den Fluss wiedersah, war sie ent-
täuscht. Es hatte sie dort hingezogen, es war wie ein
Sog. Die Dorfgemeinde hatte einen befestigten Wan-
derweg anlegen lassen, man erwartete Tagestouristen.
Ernestine lief über den ehemaligen Weideweg zum
Fluss hinunter. Sie konnte nicht vorhersehen, wie
sehr der Weg sich mit den ihn umgebenden Viehwei-
den verwoben hatte, der Weg war nunmehr zu einem
Trampelpfad degeneriert, kniehohes Gras streifte ihre
Waden, hin und wieder blieb sie stehen, um sich den
Juckreiz wegzukratzen, sie wich Brennesseln aus, hu-
schendes Kleingetier ergriff vor ihren Füßen die
Flucht ins rettende Dickicht. Was sie am Fluss erwartete – sie wusste es nicht. Da war dieses diffuse Gefühl, dass sie es tun müsse, ein Sog. Sie hatte geglaubt,
nicht eher Ruhe finden zu können, bis dass sie die
ehemalige Badestelle mit der verwunschenen Schilf-
bucht, vielleicht sogar mit den Rohrdommeln, wie-
derentdeckt haben würde. Vielleicht wollte sie sich
auch Gewissheit verschaffen, dass die Geschichten,
die sich um den Morast rankten, eben doch nichts
weiter als dubiose Geschichten fern jeglicher Realität
waren. Der Fluss kam ihr im Vergleich zu dem, der
sich in ihr Gedächtnis eingegraben hatte, um einiges
schmaler vor, ein Schrumpffluss war das. Sie fand auf

Anhieb die verschilfte Bucht, und es kam ihr vor, als sei das Schilf dichter geworden, auf jeden Fall hatte es sich flussabwärts weiter ausgebreitet, auch hatte es die Badestelle, die sich nur noch schemenhaft erkennen ließ, vereinnahmt; flussaufwärts zog sich ein schmalerer Schilfgürtel bis zur nächsten Buhne hin. Hier hatten Angler einen Steg errichtet, Wächter mit Gewehr im Anschlag am gegenüberliegenden Ufer hatte man nicht mehr zu befürchten.

Ringsum keine Menschenseele. Ihre Augen wanderten Zentimeter um Zentimeter über das mannshohe Rohr, verfingen sich im Dickicht, glitten hinab zur Wasserfläche, über die Wasserläufer huschten. An manchen Stellen gluckste das Wasser, Blasen stiegen auf, die an der Oberfläche zerplatzten. Sie wendete sich ab von diesem Bild, sie fröstelte.

Sie nahm den Rückweg über den Erlenknick. Hinter dem Knick nahm sie ein paar Gestalten wahr, junge Leute, die auf ausgebreiteten Tüchern im Gras ihre nackten Körper der Welt darboten und die keinerlei Anstalten machten, bei ihrem Näherkommen ihre Blößen zu bedecken. Die blanken Busen in der Sonne, das männliche Geschlecht dem Himmel zum Anblick. Pure Wollust im Wartezustand. Sie fühlte sich peinlich berührt, richtete ihren Blick starr vor sich hin. Sie beschleunigte ihren Schritt, sie floh. Sie floh zurück zu dem Haus, in dem sie geboren wurde, von dem sie sich Sicherheit und Schutz versprach, wo sie glaubte, Zuflucht zu finden vor der Welt, die sie wahrnahm, die sie aber nicht mehr verinnerlichen konnte. Ihre Mutter würde so tun, als erwarte sie sie noch nicht zurück. Sie würde sie vor dem Fenster im Sessel sitzend vorfinden mit einer Häkelarbeit, der kein Mensch je Beachtung schenken werden würde, für sie war selbst die Zeit bei Häkelhaken und umhäkelten Taschentüchern stehengeblieben, sie ignorierte auch das Zeitalter der Zellstoffwegwerftücher, sie lebte in der stillen Hoffnung, dass die Zeit doch noch einmal wiederkäme, wo man sich um ihre Heimfabrikationen reißen würde, Solidität hat sich schon immer ausgezahlt, so ihre unumstößliche Meinung. Wirst sehn, Ernestine.

Ernestine hat es mittlerweile aufgegeben, ihr die Hoffnungslosigkeit ihres Denkens und Tuns vor Augen halten zu wollen. Sie war es, die sich um den Konsens für ein Zusammenleben mit ihrer Mutter bemühte. Sie kannte deren Schrullen: Die unermüdlich wieder und wieder zurecht gezupften Handtücher im Bad, das halbherzige Einhalten einer Diät, von der sie aus einer Hausfrauenillustrierten erfahren hatte, die sie aber doch heimlich umging, indem sie in unbeobachteten Augenblicken ihrem Körper aus dem Kühlschrank das zuführte, was ihm die Diät entzogen hatte. Ernestine akzeptierte den Knuff in den Kissen, die, kaum hatte sie sich von einem kissenbewaffneten Sitzmöbel erhoben, ihre Mutter umgehend wieder aufschüttelte, um sie erneut mit einer ostentativ tieferen Kerbe in die Form zu versetzen, die ihr ästhetisches Empfinden nunmehr wieder ins Gleichgewicht rückte.

Wo sie denn gewesen sei, wollte ihre Mutter wissen. „So? Unten am Fluss? Da war ich Jahr und Tag nicht mehr. Soll ja jetzt nicht mehr so gefährlich sein. Und die Grenzer sind auch weg. Ach ja, der Fluss und die Zeit. Was wohl aus den Gräbern da unten geworden ist?"

Die Gefallenen der letzten Kriegstage hatte man diesseits des Flusses eilig verscharrt. Die Gerüchteküche brodelte: Es sollen nicht nur Krieger gewesen sein, die dort unter die Erde gebracht wurden. Unter die Anonymität der Gefallenen wurden auch jene gemischt, die sich dem letzten Gefecht verweigerten. Aufgegriffen von den Kettenhunden, standrechtlich in den Tod befördert. Verbuddelt in aller Eile, ein flacher Hügel, Birkenkreuze versehen mit einem Brettchen mit der Aufschrift: Unbekannter Soldat. Auch den Nichtkämpfern wurde die zweifelhafte Ehre *unbekannter Soldat* zuteil.

„Ich habe nicht gewusst, dass es dort Gräber gibt."

„Nicht jeder kennt die Stelle. Auch dort wird inzwischen Gras drüber gewachsen sein."

Dann ist ja alles für dich in Ordnung, dachte Ernestine. Wenn nur genügend Gras drüber gewachsen ist. Jetzt hielt sie den Zeitpunkt für gekommen, ihr zu sagen, sie werde sie für ein paar Tage allein lassen müssen, sie fahre nach Polen, für einen Bericht über eine Ausstellung, Osteuropäische Moderne, das *Wochenblatt* habe sie hiermit beauftragt.

Nach ein paar Sekunden des Nachsinnens sagte ihre Mutter: „Tu, was du nicht lassen kannst." Sie reagierte immer etwas schroff, wenn sie für zwei drei Tage das Haus verließ, dienstlich, wie Ernestine stets hinzufügte, weil sie wusste, dass das Wort *dienstlich* ihrer Mutter einen gewissen Respekt einflößte, vor dem sie kapitulierte. Den Polenauftrag hat das *Wochenblatt* in die Wege geleitet, weil es sich davon einen überregionalen Touch versprach, einen Hauch Internationalität, möglicherweise auch einen Auflagenschub. Ernestine griff zu. Ihr Wissen über das Leben und die Kultur Polens endeten bislang diesseits des Flusses.

„Polen?" Das kam abweisend und spitz. „Gott ja, auch da ist die Zeit drüber weggegangen."

Mal wächst Gras drüber, mal geht die Zeit drüber hinweg, dachte Ernestine.

„Dass du dir immer solche Sachen aussuchen musst!" Sie hielt im Häkeln inne, legte ihre Hände samt Nadel, Tuch und Garn in ihren Schoß, richtete ihre funkelnde Brille auf ihre Tochter, so als prüfe sie, ob ihre Worte Eindruck auf sie gemacht hätten.

„Schmieders waren dort, vor zwei Monaten", fuhr sie fort. „Ich glaube, mit solch einem Bus, Halbpension. Ist wenig geblieben von früher, haben sie erzählt, kaum noch wiederzuerkennen. Aber das Essen war ganz anständig. Mein Gott, liegt das alles zurück. Mich jedenfalls kriegt man nicht mehr dorthin, keine zehn Pferde."

„Und warum nicht?"

„Ungute Erinnerungen."

„Wegen Friedrich?" rutschte es Ernestine unwillkürlich raus.

Als hätte sie diese Reaktion erwartet, reagierte Martha mit unsicherer Stimme:

„Ja, auch wegen ihm. Obwohl ". Sie hielt mitten im Satz inne, winkte mit der Hand ab, zum Zeichen, dass sie nichts weiter hinzufügen möchte.

„Trotzdem, ich verstehe die Ablehnung nicht."

„Wie solltest du auch verstehen können. Verstehen kann nur der, der das alles durchgemacht hat."

„Du zum Beispiel."

„Auch ich. Was man heute so liest, wie das alles gewesen sein soll. Die sind ja alle so schlau, wie das immer ist, hinterher. Ich kannte Friedrich, ach ja, war ja schließlich der Bruder deines Vaters, dein Onkel. Feiern konnte der, und immer diese Frauengeschichten, ein Casanova, du glaubst gar nicht, was der für Chancen hatte. Und ein schöner Mann. Eigentlich ganz normal"

„Darauf wird er heute reduziert: Normal. Was bedeutet das schon."

„Was meinst du damit? Das andere, das war schließlich seine Privatangelegenheit. Wann fährst du?"

„Morgen. Am liebsten sofort."

„Fahr nur. Ich komme schon zurecht. Noch geht es. Nur das Knie."

Es musste etwas kommen, und wenn es nicht das Knie wäre, dann wäre es der Rücken oder der

Kreislauf oder das Alter im Allgemeinen. Wenn sie sonst nichts von Älterwerden hören will, in Fällen wie diesen greift sie reflexartig in die Hilfloskiste.

„Polen", murrte sie. „Als gäbe es nicht auch andere Länder."

„Die Ausstellung findet nun mal zufällig dort statt. Außerdem ist es für mich kein Freizeitausflug."

Warum sage ich das, warum muss ich mich rechtfertigen, mir immer den Mund verbrennen. Herrgottnochmal, sie nervt. Wütend ging Ernestine hinauf in ihr Zimmer und suchte zusammen, was sie für die Reise benötigte.

13

In Berlin wechselte schlagartig das Reisepublikum. Deutsche Sprechlaute reduzierten sich auf ein vernachlässigbares Minimum, jetzt beherrschten slawische Laute den Fahrgastraum. Das Polnische dominierte. Ernestine saß gebeugt über ein Buch, das sie von dem Zeitpunkt an, da sie es aufgeschlagen hatte, langweilte. Einer jener dickleibigen Wälzer, die sie sich zur Pflichtlektüre auferlegt hatte. Sie schob die Lesebrille auf die Nasenspitze, beäugte, um Unauffälligkeit bemüht, die zugestiegenen Fahrgäste. Der Publikumswechsel kam ihr vor wie ein Generationswechsel. Was in Berlin den Zug verlassen hatte, waren vornehmlich ältere Frauen im uniform anmutenden Reiseoutfit: zu eng geschnittene Hosen, Pullis, die die Hüftröllchen nur unzulänglich kaschierten, Gesundheitsschuhe, mit Ehemännern, die sich mit säuerlichen Mienen so unmutig in die Bahn begeben hatten, als hätten ihre Frauen sie gedrängt, ihren Führerschein abzugeben oder für längere Strecken das Auto stehenzulassen. Auch die allein reisende junge Frau mit dem Säugling hatte den Zug verlassen. Geschlagene zwei Stunden lang saß sie hingekauert in ihrem Sitz mit dem Baby auf dem Arm; denn sobald sie auch nur versuchte, es in die Tragschale zu legen, in der Hoffnung, dass es einschlafe und ihr ein paar Minuten zum Ausruhen gönnte, hob das Baby wieder zu schreien an. Ihre das Abteil überfliegenden Augen flehten um Vergebung für die Störung, sie schlug ein Tuch über ihre Brust, knöpfte darunter ihre Bluse auf, der Säugling verstummte, auch die ohnehin gedämpften Stimmen der Mitreisenden verstummten, das Schmatzen des Säuglings erfüllte den Raum, die Mutter knöpfte ihre Bluse wieder zu und hob zu summen an. Auch die anderen Reisegäste erhoben wieder ihre Stimmen, der Mann ihr gegenüber knabberte wieder an seinem Butterbrot, eine Unterwegsstärkung, die, so mutmaßte Ernestine, seine Frau ihm wohl mit auf den Reiseweg gegeben hatte.

Vor dem Zugfenster zog ein Spätsommertag vorüber. Sie hatte versucht, die sperrige Lektüre wieder aufzunehmen, doch sie kannte sich: Wenn sie zum dritten Mal ansetzte, den Sinn eines Absatzes zu erfassen, hatte es wenig Zweck, im Lesen fortzufahren. Sie klappte das Buch endgültig zu und verstaute es in ihre Reisetasche. Auch das neuerliche Stimmengewirr und die Aufgeregtheiten nach dem Einsteigen hatten sich gelegt. Sie ließ das flache Land an sich vorübergleiten. Mal Wald, mal Wiesen, in Parzellengröße zerstückelte Äcker. Der Zug zerschnitt Dörfer und Gehöfte, in den Gärten Sonnenblumen, die sie so groß nie zuvor gesehen zu haben glaubte. Sie lauschte auf das Surren der Räder, eine einschläfernde Melodie, die aus dem Rhythmus kam, wenn die Fahrt sich zum Wechseln der Gleisspur verlangsamte. Vor vielen Jahren – wie vielen eigentlich? fragte sie sich – ein Gleis, das ins Irgendwo führte. Je weiter nach Osten, desto größer wuchs die Wahrscheinlichkeit, dass man die Rückfahrt nicht mehr würde antreten können.

Wurde auch die Frau mit den beiden Kindern über diese Bahnstrecke auf damals rumpelndem Gleiskörper ins Ungewisse transportiert, in Waggons, *Oppeln* genannt, die unter anderem auch für Tiertransporte konstruiert waren? Rollendes Material war knapp geworden. Mag sein, dass auch Friedrich auf diesem Weg an sein Ziel gelangte, ebenso rumpelig, aber nicht im Oppeln-Wagen. In einem anderen Waggon, komfortabler. Im späten Mai dreiundvierzig hatte er viel zu tun. Man kann ja über ihn sagen, was man will, aber auf ihn war Verlass, er hat getan, was getan werden musste. Wie oft sie das wohl gesagt haben.

Ihre Gedanken störten ihre Wahrnehmung der fliehenden ländlichen Idylle. Sie fuhr sich übers Gesicht, so als streiche sie Spinnweben fort, die sich über Stirn, Augen, Wangen verfangen hatten, ein engmaschiges Netz aus klebrigen Fäden.

Sie versuchte, sich auf die bevorstehende Aufgabe zu konzentrieren, ging in Gedanken den kommenden Tagesablauf durch: Heute zunächst das Hotel, von wo aus sie ihre Mutter anrufen werde, sie hatte es ihr versprochen. Morgen die Ausstellung. Vielleicht glücke es ihr, den Kurator zu treffen, eine Voranmeldung war mehr oder weniger fehlgeschlagen. Man werde sehen, vor Ort. Sie hatte geglaubt, das *Kreisblatt* habe eine größere Ausstrahlung, aber die Ausstellungsleitung hatte abgewiegelt. Doch bestimmt finde sich jemand, der Rede und Antwort werde stehen können. Irgendjemand. Das *Kreisblatt* reagierte verschnupft, Ernestine auch.

Plötzlich kam ihr Frankfurt in den Sinn, und wieder ertappte sie sich bei den Zweifeln, die sie im Nachhinein befielen, nachdem sie dort von heute auf morgen alles hingeschmissen hatte, Hals über Kopf aus dieser Stadt geflohen war, zurück in diese piefige Kleinstadt. Habe ich alles richtig gemacht? Wer nichts falsch macht, macht nichts richtig. Ach ihr, mit euren Weisheiten. Ich bin kein Phönix, der aus der Asche steigt. Sie hatte befürchtet, nicht die Kraft aufbringen zu können, um sich aus der Peinlichkeit, die ihr, so empfand sie es heute, dort widerfahren war, ohne größere Blessuren herauslösen zu können. Ein Münchhausen, der sich an den eigenen Haaren aus dem Sumpf zieht, wer kann das schon. Von ihrem Aufenthalt im Krankenhaus hatte sie ihrer Mutter nichts erzählt. Hätte sie es getan, hätte ihre Mutter sich davon wohl niemals von ihren eigenen Vorwürfen befreien können. Mehr als die bohrenden Fragen fürchtete sie die Entschlossenheit ihrer Mutter, ihr helfen zu wollen, und zwar auf Schritt und Tritt. Ich als Mutter, ich kann dich doch nicht damit allen lassen. Kind, wie konnte das alles nur passieren, ich habe es geahnt, dass das nicht gut geht dort in dieser grässlichen Stadt, so allein, dafür bist du nicht geschaffen, du brauchst jemanden, der für dich sorgt, so sensibel wie du bist. Nicht auszudenken, wie dein Vater das verarbeitet hätte, Kindchen!

Spätestens hier wäre ich explodiert. Kindchen! Allein dieses Wort!, ging ihr durch den Kopf. Und immer er, die dominante Säule, um die sie sich auch jetzt noch willenlos rankt. Tot oder nicht tot, sie wird sich von ihm nicht lösen können. Ihr Leben ist geprägt wie eine Münze, man kann die Gravur wegkratzen, die Prägung bleibt. Wir sind, die man uns hat werden lassen.

Sie versuchte, aus den fremden Lauten wenigstens das eine oder andere Wort herauszudeuten, sie sperrte ihre Ohren weit auf, doch außer einer Anhäufung von Zischlauten fand sie keine Struktur für diese Sprache, und so entschied sie, stumm zu bleiben wie ein Fisch und sich von diesem Vogelgezwitscher einlullen zu lassen.

Plötzlich befielen den Mann und der Frau ihr gegenüber eine gewisse Unruhe, wie aus heiterem Himmel. Die Frau erhob sich, zupfte eine sackartige Tasche aus der Gepäckhalterung über ihrem Kopf hervor, entnahm der Tasche eine andere, kleinere Tasche, entnahm dieser kleineren Tasche ein papierenes Bündel, blätterte das Bündel auf und offenbarte zwei dunkelbraune, hart geräucherte Würste, ellenlang und fingerdick, trennte die miteinander verknüpften Enden mit einem heftigen Ruck und reichte dem Mann die eine abgetrennte Hälfte, kramte nochmals in der Tasche, holte Brotscheiben hervor, der Mann wurde auf der Suche nach einem Flaschenöffner fündig, entkorkte mit einem knallenden Flupp zwei Bierflaschen, die Frau hatte zwischen ihren Beinen ein buntkariertes Geschirrtuch ausgebreitet, auf dem sie eine Dose platzierte, dessen Innenraum Radieschen, Gurkenscheiben und kleine Rettiche offenbarte, der Mann nickte seiner Frau ein Prost zu, nahm einen kräftigen Schluck, das Picknick auf Rädern hob an. Der Duft der geräucherten Wurst reizte Ernestines Geruchsnerven, die Signale pflanzten sich fort von der Nase zum Mund, von dort zum Magen, der mit rumorenden Lauten reagierte. Um sich der aufreizenden Esszeremonie zu entziehen, trat sie auf den Gang hinaus. Das Loch, dass sie in ihrer Magengegend spürte, schrumpfte auf ein erträgliches Maß, das Knurren im Bauch verstummte. Von den Feldern stiegenRauchschwaden auf, ein Hauch von brennendem Kartoffelkraut durchzog als feiner Nebel den Gang. Wie lange kann man es aushalten ohne Essen?

Durst sei schwerer als Hunger zu ertragen, heißes. Sie waren tagelang unterwegs. Weder Essen noch Trinken. Ein Mensch ohne Essen halte es vierzehn Tage, wenn nicht gar länger aus, sagen Untersuchungen. Es stellten sich sogar euphorische Gefühle ein. Doch ohne einen Tropfen Wasser, tagelang? Wenngleich es an Nässe nicht fehlte. Regen rauschte aufs Waggondach, doch das Dach hielt dicht. Der Schnee im Winter war aus dem verriegelten Waggoninnern unerreichbar. Was also dann? Wann ist der Mensch am Ende seiner physischen Möglichkeiten? Wann sind die psychischen Möglichkeiten erschöpft?

Männer, Frauen, ob alt ob jung, ob krank ob gesund, Kinder ob groß ob klein, in ein Halbdunkel eingepfercht, wo nur noch die Position in der Senkrechten möglich ist, tagelang. Wie kann das gehen?

Mit solchen Gedanken kehrte Ernestine auf ihren Sitzplatz zurück. Die Tasche mit den Picknickutensilien war wieder über den Köpfen ihres Gegenübers verstaut, ein paar Brotkrümel am Boden erinnerten an das gehabte Mahl. Die Frau lächelte ihr zu, Ernestine glaubte, aus deren Mimik die Frage herauszulesen, woher sie komme, mehr noch: wohin sie fahre. Sie lächelte zurück.

„Ein weites Land", sagte Ernestine.

„Ja, groß", sagte die Frau. „Schon sehr. Alle wollen in die Stadt, die jungen Leute. Ist das gut? Mein Sohn lebt in München. Schöne Stadt, sagt er. Wir telefonieren."

„Und Sie, wo wohnen Sie?"

„Ein Dorf, klein. Bis Warschau anderthalb, zwei Stunden."

„Sie sprechen gut Deutsch."

„Nicht gut. Meine Großmutter hat gesprochen, sehr gut, glaube ich. Meine Mutter spricht auch. Auch gut, aber weniger gut als wie Großmutter soll gesprochen haben, sagt sie, Mutter. Ich weiß nicht. Mein Mann spricht nicht Deutsch, versteht auch nicht. Ich habe Deutsch gelernt bei meiner Mutter, nachher ein bisschen in der Schule. Großmutter lebte in

Warschau, vor langer Zeit. Ging dann weg mit den Kindern, den Enkeln. Mutter hat Glück gehabt, je nachdem, sie war nicht zu Hause. Schicksal. Bist du zu Hause, hast du Pech, bist du nicht zu Hause, hast du Glück. Aber das alles ist sehr kompliziert."

„Ich fahre nach Warschau, Ich war noch nie in Warschau."

„Eine große Stadt. Modern, sagt man so? Die jungen Leute lieben das. Die alten? Tut ein bisschen weh, manchmal. Das Dorf ist schöner, für mich." Sie lacht ein um Verständnis werbendes Lachen.

Sie ist im Alter meiner Mutter, denkt Ernestine. Sie hat auch die gleiche Leibesfülle, die gleiche Frisur. Kurzschnitt, leicht angewellt; die gleiche Gestik: die wie zum Beten gefalteten Hände, die etwas abstehenden Ellenbogen, die sie immer wieder korrigierend einzieht, um nicht mit ihrem Nachbarn in Kollision zu geraten, der schräg sitzende Kopf. Sie wird in Gedanken bereits in ihrem Dorf sein, vielleicht erwartet man sie am Bahnhof, eines ihrer Kinder, die Schwester, der Bruder, ein Nachbar.

„Sie werden erwartet?", fragte die Frau unverhofft.

„Ja und nein", antwortete Ernestine. „Ich bin beruflich dort. Eine Ausstellung."

„Ich verstehe."

Die Frau kramt in ihrer Handtasche, sagte: „Wo habe ich es nur, ja, hier ist es, mein Dorf." Sie reicht Ernestine eine etwas abgegriffene Fotografie. Eine

Häuserzeile längs einer Straße, von niedrigen Ebereschen umgeben.

„Das hier, das ist es," erklärt die Frau und weist mit dem Zeigefinger auf das vierte, rechter Hand stehende Haus, nicht klein, nicht groß, ein schmuckloser, nichtssagender Bau, der nach einem neuen Anstrich ruft. Dutzendware. "So viele Jahre." Sie lässt Ernestine mit der Auslegung ihrer Worte allein. „Jetzt kommen meine Enkelkinder, besuchen die Großeltern."

Ernestine entschuldigt sich, sie müsse unbedingt wieder einmal in die Senkrechte, das viele Sitzen. Die Frau nickte verständnisvoll.

Wieder geht sie auf den Gang hinaus. Sie lehnt die Stirn gegen das kühle Fensterglas, folgt dem vorüberziehenden Einerlei.

Eine Strecke, eine Ankunft, zwei Ziele. Selbstgewähltes Ziel des einen, das er anderen gegenüber Arbeit nennt. Geregelter Alltag, ganz normal, muss ja alles laufen, reibungslos. Alles soll seine Ordnung haben, die Vorschrift will es so, Zimperlichkeiten kann man sich da nicht erlauben. Wo mag er an der Endhaltestelle gestanden haben. Vielleicht nicht in vorderster Reihe, die blieb den anderen, den Höheren, denen mit dem Kennerblick vorbehalten. Aber es gab ja auch so noch genug zu tun. Aufpassen, dass niemand ausbüxt. Wenngleich, wohin sollte man ausbüxen? Allein schon ein Aus-der-Reihe-Treten schaffte Unruhe, konnte die gesamte Ordnung, den geregelten

Ablauf, den Zeitplan durcheinanderwirbeln. Stand er dort, Friedrich, der liebe Onkel? Wie ein Hütehund, der die Herde zusammenhält, der Ausreißer kurz in die Hinterläufe zwickt, ihnen zu erkennen gibt, wo es langgeht? Wo käme man da hin, wenn da jeder einfach nur so denkt, er könne machen, was er wolle? Wirklich nur ein kurzes Zwicken? Doch ob kurz oder länger, das war schließlich ohnehin egal, das Ziel war so und so vorgegeben. Ja, auf den Friedrich war Verlass. Er wird zu Hause, in Wallnitz, gesagt haben: Ich muss denn mal wieder, der Dienst, jeder Urlaub geht einmal zu Ende. Und sie zeigten Verständnis, seufzten, ach ja, das sind schon harte Zeiten, jeder hat da so sein Päckchen zu tragen, aber irgendwann ist das ja mal alles vorbei. Und sie versorgten ihn für die Reise: mit hartgekochten Eiern, Speck aus der Räucherkammer, Dauerwurst, Brot, einem Napfkuchen, den er doch so mag, mit Zigaretten, einem Flachmann. Und verschenke nicht wieder alles an deine Kameraden, du mit deinem weichen Herzen, du bist mir schon einer, und komm gesund wieder und pass auf dich auf.

Kinder verstummen, wenn sie lange genug gequengelt haben. Schlagartig. Sie haben ausgequengelt. Auch hungernde Kinder verstummen, wenn das bohrende Hungergefühl Platz gemacht hat für ein Gefühl der inneren Hohlheit, der Stumpfheit, der Hilflosigkeit, des Ausgesetzseins. Sie haben verstanden, dass alle Antworten auf Fragen ins Leere gehen, sie sind ausgeliefert und haben dem nichts entgegenzusetzen. Mit dem bösen Knurren im Bauch ist auch das Fragen verstummt. Auch Tränen fließen nicht mehr, so als sei auch der Flüssigkeitsvorrat, der Tank, der sich hinter den Augen verbirgt, versiegt. Sie flüchten sich in den Schlaf, oder vielmehr in ein Dauerdämmern. Im Wachzustand verharren sie mit weit aufgerissenen Augen, die starr auf einen imaginären Punkt gerichtet sind, eine Art Blicklosigkeit, ein Licht, das keine Helligkeit ausstrahlt. Sie haben nicht das Hoffen aufgegeben, denn Kinder hoffen noch nicht so wie die Erwachsenen, auch Hoffen will gelernt sein. Was Kinder aufgeben, ist das Erwarten. Verebbt die Regung des Erwartens, verdämmert das Licht.

Nachts rumpeln die einen Züge auf Abstellgleise, um anderen Zügen, denen der Schutz der Dunkelheit vorbehalten war, Platz zu machen: Zügen mit Haubitzen, Kanonen, die in Tarnung vorgaukelndes Tuch und in Tannengrün eingehüllt wurden, bulligen Lastwagen, Panzern, Waggons mit Begleitpersonal. Auch andere Züge, Reisezüge, sofern von Reise noch die Rede sein konnte, rollten durch die Dunkelheit. In den Abteilen plaudernde Passagiere auf dem Weg zu Onkeln, Tanten, Opas, Omas, Enkelkindern, doch die Zahl solcher Reisender nahm mit fortschreitender Zeit mehr und mehr ab. Jetzt beherrschten das Bild Männer in Uniform auf dem Weg zu entlegenen Orten, die sie möglicherweise Arbeitsstätten nannten. Die Flasche machte ihre Runde, und je näher sie ihrem Ziel kamen, desto gewagter die Sprüche, die Anzüglichkeiten, desto saftiger die Zoten. *Wenn das hier mal alles vorbei ist, alles erledigt,* dieser so oft geäußerte

Spruch – dann, ja dann! Griffige Antworten auf die Dann-Frage hätten sie nicht parat gehabt, auf jeden Fall würde dann das richtige Leben anheben, ließen sie es sich dann gut gehen, dann war jedenfalls besser als jetzt. In der Heimat, da gibt's ein Wiedersehn. Es trug sie das schwammige Gefühl, an die Front zu fahren, aber es gab dort keine Front, keinen Gegner, der Widerstand hätte leisten können. Friedrich schwärmte, wenn er über sein Dann nachdachte, von einem Weinberg, irgendwo dort am Rhein oder an der Mosel. Einer seiner Kameraden, so betitelte er ihn, als wären sie an der Front im Krieg, hatte von dort erzählt, von seinen Eltern mit einem Weingut in bester Lage: Steilhang, die müssen ganz schön ranklotzen, hatte er erzählt. „Mensch Fritze, da kommste dann ganz einfach mit, die brauchen Männer, die zupacken können. Und der Tropfen, ich kann dir sagen. Klar – kriegste keinen Kopp von, und dann die Frauen!, ach Fritz." Ja, wenn das hier erledigt ist, irgendwann ist ja mal Schluss. Wieder das *Irgendwann*, wieder *Schluss*. „Wirst sehn, die werden uns noch mal alle dankbar sein, so ist das immer mit der Drecksarbeit, aber einer muss sie ja schließlich machen." Sie trugen daran wie an einer Bürde, die andere, die Millionen, die sich drückten, ihnen auferlegt hätten.

Mit diesen Gedanken im Kopf, fuhr ihr Zug in den Warschauer Hauptbahnhof ein.

14

Waren es achthunderttausend oder neunhundert-tausend? Große Zahlen. Zahlen so kalt wie die Kälte, die diesen Landstrich im Winter zu Eis erstarren lässt.

Wie still es hier ist, stellte Ernestine fest. Kiefernwald, vereinzelt Birken, Ginster, Gebüsch. Heidekraut, auch Erika genannt, vielbesungenes Blümelein, zwischen Wald und Schienenstrang. An diesem Bahnhof hält kein Zug mehr. Bahnhof? Eine Haltestelle: Treblinka. Stillgelegt. Möchte hier niemand mehr aussteigen, nie wieder? Ein feiner Wind streift über das Gelände, würziger Kieferndruft reizt die Geruchsnerven. Alles so aufgeräumt, geordnet, sortiert. Zufälliges schon gar nicht. Kulissen, die an das Assoziationsvermögen appellieren. Ernestines Augen tasteten den Boden ab. Was, dachte sie, was wäre, wenn ich einen Knopf fände, eine Haarnadel, ein Puppenbein. Finge eine Ohnmacht mich auf, eine kurze Bewusstseinsstörung, eine Art Blackout? So friedlich das alles hier. Eine spätsommerliche Idylle. Wie in Wallnitz. Im Spätsommer: Das Laub der Birken in erster Gelbfärbung, zwischen den Kiefern auch dort Heidekrautbüschel, Heidelbeersträucher, die gleichen Bilder. Ist das hier der Ort, wo ihr mir euren Stempel aufgedrückt habt? Anderen habt ihr ihn auf den Arm tätowiert, unaustilgbar; mir – ja, wohin? Auf die Seele, aufs

Herz? Hatte Friedrich zwei Seelen, zwei Herzen, die er je nach Bedarf öffnete oder verschloss?

Sie hatte sich für einen Tag ein Auto gemietet. Den Artikel über die Ausstellung hatte sie im Kasten. Das Interview mit dem Kurator kam nicht so zustande, wie sie sich es vorgestellt hatte. Ein kurzer Händedruck, unverbindliches Lächeln, hinter dem sich unverhohlen die Bitte um kurze Konversation verbarg. Doch wozu viel reden, schloss sie. Die dargebotenen Exponate waren ihr Aussage genug. Bilder in knalligen Farben: gewollte Heiterkeit, sprühender Optimismus, vieles in die Zukunft weisend, manches wie gehabt. Zu viel des Guten, wo das Zersplittern in bunte Scherben vorauszusehen war.

Sie sah sich in der Stadt um, mischte sich unter die Tagestouristen, folgte sogar eine Zeitlang in gebührendem Abstand einer Reisegruppe mit einem deutschsprechenden Reiseführer. Bald schon beschloss sie, die Stadt Stadt sein zu lassen und entschied sich kurzerhand zu dieser Fahrt ins Ungewisse. Während der Autofahrt fiel ihr die Frau im Zug ein, und sie dachte, hier ungefähr könnte das Dorf mit der schnurgeraden, von Ebereschen gesäumten Straße sein. Sie war drauf und dran, in einem x-beliebigen Dorf anzuhalten und sich dort umzusehen. Eine Schnapsidee, sah sie ein. Die Straße wurde schmaler, holpriger, kurvenreicher. Sie glaubte, sich verfahren zu haben und sie überlegte, wie es weitergehen sollte. Doch, sie hatte ein Ziel, wie konnte es anders sein.

Hier in der Einöde müsse der Ort liegen. Die Lager befanden sich immer am Rande, wenn nicht gar außerhalb menschlicher Siedlungen. Für diejenigen, die das alles nichts anzugehen hatte, möglichst uneinsehbar, unerreichbar.

Der Parkplatz an ihrem Zielort war so gut wie leer. „In der Ferienzeit kommen viele Schulklassen", erklärte die Leiterin der Gedenkstätte. „Aber wo nichts zu sehen ist, finden sich nicht viele Besucher ein. Die haben alles dem Erdboden gleichgemacht. Aufgeräumt, nach getaner Arbeit sozusagen. Doch schauen sie sich um, immer diesen Weg entlang, es gibt nur den einen, hier gibt es nur das eine Ziel."

Ernestine hatte sich an diesem Ort des tausendfachen Todes nicht allzu lange aufgehalten. Nicht so sehr das Monströse der dort vollbrachten Taten wühlte sie auf, vielmehr war es die Stille, das große Schweigen: Ein erdrückend großes Leichentuch spannte sich über das Gelände des Geschehens. Sie verzichtete auf weitere, schwindelerregend hohe Zahlen, auf Informationen über peinlich genau eingehaltene Fahrpläne, über den Einsatz der Tötungsmittel, die gehandelt wurden wie Mittel, die der Kammerjäger verwendet, um Ungeziefer zu beseitigen. Als ihr der Kopf von dem Bombardement an Fakten und Daten zu den Vorrichtungen, die ersonnen wurden, um das Material und dessen Hinterlassenschaften zu beseitigen, und zu der Logistik, die sich Menschen für eine reibungslose Abwicklung erdacht hatten, zu schwirren begann, übermannte sie das Gefühl, es an dieser Stätte keine Sekunde länger aushalten zu können. Keine Besichtigung des Mahnmals, entschied sie, keinen Meter weiter zum Zentrum des Gedenkens. Jeder Schritt ein Tritt auf jene, die der moosbedeckte Waldboden verschluckt hat, der sie zudeckte mit der erdrückenden Schwere aus getränkter Erde.

In ihrem Warschauer Hotelzimmer setzte sie sich an den Hotelzimmerschreibtisch in Miniaturausführung. Darüber, was sie dort gesehen hatte, zu schreiben, sollte doch zumindest einen Versuch wert sein. Wenigstens wagen sollte man es. Doch wie beginnen? Womit? Resigniert ließ sie den Bleistift sinken, schaltete den Fernseher ein und ließ sich von der Lustigsendung aus irgendeinem polnischen Fernsehkanal berieseln. Erschöpft nickte sie auf dem Stuhl ein.

15

Sie musste mit ansehen, wie ihre Mutter von Tag zu Tag unter zunehmendem Wahrnehmungsverlust litt. Doch ob die Mutter selbst diesen Verlust als Leid empfand, war nicht so eindeutig auszumachen. War es Leiden, wenn ihr mal der Name der eigenen Tochter entfallen war, mal der Name des eigenen Sohnes? Wie spät haben wir es eigentlich?, fragte sie zum was weiß ich wievielten Male am Tage, und überhaupt, welchen Tag haben wir heute. Ach so, Donnerstag, schon wieder, hatten wir das nicht erst vor kurzem? Das unruhige Hin- und Hergetrippel von einem Zimmer ins andere wurde ihr zur Obsession, dann wieder lief sie nach draußen, kam zurück, holte den Hausschlüssel, eilte wiederum nach draußen, schloss das Haus von außen ab. Ernestine rief übers Küchenfenster: „Mutter, schließ auf!" Sie schloss auf, wunderte sich, dass sie abgeschlossen hatte. „Na, so was", murmelte sie, „früher ist mir das nie passiert."

Eines Tages kramte sie das Fotoalbum aus dem Dielenschrank hervor, zupfte die Bilder aus ihren Befestigungen: papierne schwarze Dreiecke mit Einsteckstreifen, breitete einen Teil der Bilder solange über den gesamten Tisch aus, bis kein freies Fleckchen mehr übrig war, den restlichen Teil stapelte sie zu einem Häufchen. „Später", sagte sie, „die kommen später dran." Sie versuchte, die Bilder in chronologischer Reihenfolge zu sortieren, beginnend bei einem Bild mit einem in ein spitzenbesetztes Kissen gesteckten Säugling auf dem Arm einer Frau, die Ernestines Großmutter war. „Sie war eine schöne Frau", sagte ihre Mutter. „So wie sie hätte ich auch gern ausgesehen. Deine Mutter als Säugling, kannst du dir das vorstellen?" Ernestine konnte es sich nicht vorstellen, aber das sagte sie nicht. „Und hier dein Großvater, wahrlich ein großer Mann. Was der sagte, das wurde getan, ohne Murren. Ob das nun gut war oder nicht, danach wurde damals nicht gefragt. Woran er starb, wer will das wissen. Tot hatte er sich schon öfter gefühlt. Wie kann man sich tot fühlen, fragte seine Frau, also meine Mutter. Wer tot ist, fühlt doch nichts mehr. Woher will sie denn das wissen? Stundenlang konnten sie sich darüber auslassen. Ein verbissenes Rechthabenwollen war das. Eines Tages war er ganz tot, wirklich, richtig, einfach so. So jedenfalls kam es mir vor. Der Tod schleicht sich ins Haus, greift hierhin oder dorthin, schnappt sich, wessen er gerade habhaft werden kann. So war das. Alles Schicksal." Sie legte das Bild mit der Mutter, Ernestines Großmutter, beiseite. Es folgte Bild auf Bild: Taufbilder, Onkel, Tanten, Cousins, Cousinen, jeweils mit Kindern und Kindeskindern, Bilder von Freundinnen, von Reisen, die eher kleinen Ausreißern aus der vor sich hindümpelnden elterlichen Idylle glichen. „Hier, in den Bergen, Harz. Wie beschwerlich es damals war, dorthin zu gelangen. Wie oft wir umstiegen, halbe Nächte in

Wartesälen, das ließ die Spannung auf das erträumte Ziel steigen. Berge. Mein Gott, ja, kein Hochgebirge, aber immerhin." Zu sehen war ein mit Tannen bewachsener Berg, eher ein Hügel, ein verwackeltes Bild, das Motiv in leichter Schräglage. Eigentlich ein Nichts, dachte Ernestine. Doch ihre Mutter konnte sich nicht davon losreißen. In welchen Erinnerungen schwelgte sie? Ist sie durch diesen Wald gewandert, hat sie diesen Berg erklommen, hatte sie hier ein Gefühl von Losgelöstheit, von Unbeschwertheit, eine Ahnung des Alles-ist-Möglich empfunden? Wenigstens dieses eine Mal, bevor die Weiche auf den vorgegebenen Schienenstrang umgelegt wurde? Ihre Mutter legte das Bild kommentarlos beiseite.

„Ich werde uns etwas zu essen machen", sagte sie. „Du möchtest doch etwas essen?"

Ernestine mochte nicht, doch sie widersprach nicht. Wer weiß, was sie wieder zusammenzaubert. Wahrscheinlich Spiegelei mit ein paar Tropfen Maggi, der Alleswürzer, der untrügliche Geschmacksverderber. Dazu Kräutertee, keinen Schwarzen, den hasste sie, und deshalb hatte sie ihn auch nicht im Hause, auch nicht als stille Reserve, für Gäste. Kräutertees in allen Schattierungen, die hatte sie immer parat, für alle Gelegenheiten: Erkältungen, Blasenentzündung, übermäßige Blähungen, wobei sie jede Blähung als übermäßig einstufte. Jeder eigene Pups war ihr eine Pein, die Pupse anderer eine Beleidigung. „Kind, reiß dich doch zusammen!" Bei ihr hatte sie gelernt, die Hinterbacken zusammenzukneifen, bis sie glaubte, ihr werde jeden Augenblick der Darm platzen.

„Und dieses Gruppenfoto hier?", wollte Ernestine wissen. Während ihre Mutter in der Küche hantierte, hatte sie sich aus dem Bilderberg dieses Foto herausgepickt.

„Diese fünf Männer?", sie zog die Worte in die Länge, als wollte sie andeuten, dass sie sich erst einmal besinnen müsse, um welche Personen es sich handle. „Ach ja, der Friedrich, der in der Mitte. Eigentlich ein forscher Kerl, sieh ihn dir doch mal genauer an." Sie wies mit dem Zeigefinger auf seine Brust. „Fesch. Diese Haltung. Schneidig. Dieses Abzeichen, das er nach seiner Verwundung bekommen hat." - Verwundung?, fragte Ernestine sich. Verwundung wovon? Aus welchem Kampf? - „Alle waren ein bisschen stolz darauf, auch dein Vater, und ein bisschen neidisch war er schon auch. Und ich? Der Friedrich war mein Schwager, was besagt das schon. Er hat dann die Uniform gewechselt, Feldgendarmerie oder wie das hieß, es gab ja so viele Gruppierungen, ich kannte mich da nicht so aus. Von irgendwas musste seine Familie ja schließlich auch leben."

Stolz? Ernestine holte tief Luft. Nein, es macht keinen Sinn, dieses Thema zu vertiefen, sie wird mich nicht verstehen, ich werde sie nicht verstehen, Ihre Welt driftet ab in ein Land, zu dem ich bald gar keinen Zugang mehr haben werde. Neuerdings bringt sie den Müll durcheinander: Plastikmüll in den Behälter für Restmüll, Restmüll in den Behälter für Plastikmüll, oder sie wirft alles wieder zusammen in ein und denselben Behälter. Wie sollte sie jetzt noch Vergangenes auseinandersortieren können? Sie trank ihren Tee, der, wie immer von ihrer Mutter, viel zu dünn zubereitet war. Vorsorglich hatte sie das Honigglas bereitgestellt, aus dem Ernestine sich reichlich bediente. Aber die Milch? Wozu die Milch? Kriegt sie hier wieder etwas nicht ganz auf die Reihe?

Ihre Mutter Martha kommentierte weiter: Wer wann bei wem zu Besuch; wessen Geburtstag, der wievielte; Konfirmationen; Besuche bei Leuten, zu denen sie eingeladen war, deren Namen ihr aber nicht einfallen wollten; Nachbarn, die fortgezogen waren, wer weiß, wohin; eine Hochzeitsgesellschaft.

„Sieh nur, was ich damals anhatte, das trug man so, Frauen immer mit Hut, nicht so wie heute, das wäre geradezu unanständig gewesen, als liefe man nackt herum, na hör mal! Auch die Männer trugen stets Hut, damals drehte man sich auf der Straße um nach Leuten ohne Kopfbedeckung; heute dreht man sich um, wenn jemand einen Hut aufhat, wie sich die Zeiten ändern. Das hier, das ist die Frau Heidebaum. Eine komische Person. Immer so etepetete, mit Fuchs im Winter, weißt du, mit solch einer Spange in der Schnauze zum Zuknöpfen und mit falschen Augen, in der ersten Zeit dachte ich immer, die Augen seien echt, dumm von mir, ich weiß. Die hatten Geld, wurde jedenfalls erzählt. Woher? Was da so alles gemunkelt wurde, der eine wusste dies, der andere das. Doch freundlich war sie, da kann man nichts sagen. Wie gesagt, ein bisschen komisch war die schon. Aber sagt man was— ist der Tee gut so?"

Sie verstummte. Ihr Gesicht überzog eine Art Starre. Ernestine erkannte sofort, dass sie von nun an für unbestimmte Zeit nicht mehr erreichbar sein würde.

Wenn sie einmal geht, dachte sie, werde ich zurückbleiben mit dem Erbe offener Fragen, deren Antwort sie mitnehmen wird. Doch liegt nicht so und so alles parat, ist nicht alles untersucht, katalogisiert, archiviert, festgehalten, gezählt, aufgerechnet, abgerechnet, alles hinter Schloss und Riegel? Aufgearbeitet und abgehakt? Sich der Gegenwart zuwenden und auch der Zukunft. Doch fängt nicht die Gegenwart in der Vergangenheit an, und die Zukunft in der Gegenwart? Wie ist es möglich, Franz, dass Du mir noch immer gegenwärtig bist. Lebtest Du und träfe ich Dich heute – träte ich einem Mann mit Stirnglatze und gewölbtem Bauch gegenüber. Mag sein. Aber das Herz, das Herz, das verfluchte Herz, ein Luder, das nicht Ruhe geben will. Nichts habe ich von Dir, kein Bild, keine Haarsträhne, kein einziges Schriftzeichen. Das Bild in meinem Kopf trägt eine Gloriole, und wahrscheinlich warst Du nie so schön wie in der Erinnerung. Die Schulter, an die ich mich so gerne lehnte, war wohl nie so breit und stark wie in meiner Andichtung, vielleicht war auch deine Bettwärme nicht mehr als eine laue Wärmflasche. Und dennoch, Franz, ohne Dich fühle ich mich allein gelassen, hilflos. Sie bewundern mich, mein Durchsetzungsvermögen, meine Zuverlässigkeit, meinen ungezwungenen Schreibstil, meine Jovialität. Ja, ja, dennoch:

Franz, ohne Dich ist das alles nichts. Ist alles nur Ersatz, Pausenfüller einer Unendlichpause. Wolf? – ein Versuch, die Pause zu verkürzen. Xaver? Nicht mal ein Versuch, eine Dummheit, eine Peinlichkeit, ein Nichts. Drei Männer, von denen zwei in der Luft verdampft sind. Ohne Dich, Franz? – Es geht, es geht. So wird es eines Tages zu Ende gehen, ohne Dich.

„Und Oskar?", fragte Ernestine, als sie wahrnahm, dass die Starre aus dem Gesicht ihrer Mutter sich verflüchtigt hatte.

„Der? Hat ja nie Zeit. Er mit seiner vielen Arbeit. Aber wir telefonieren."

Das hatte er auch ihr gesagt, aber sie telefonierten nicht. Seit mindestens einem halben Jahr, soweit sie sich erinnern konnte, kein einziger Anruf von ihm. Bringt sie auch hier etwas durcheinander? Schrumpfen zwei, drei Jahre auf eine Woche, einen Tag zusammen? Ich muss Oskar in die Pflicht nehmen, allein werde ich es mit ihr nicht schaffen.

„Du erinnerst dich doch an Franz?"

Martha zuckte leicht zusammen. „Wie du jetzt so auf den kommst, so mir nichts, dir nichts. Fragen kannst du stellen. Willst du mich mit deiner Fragerei ins Grab bringen?"

Die Schotten sind dicht, konstatierte Ernestine. Weiter wird sie nicht gehen. Das war schon immer ihre Art: Fragen mit Gegenfragen, die sie für Antworten hält, zu parieren.

Martha raffte die Fotos zusammen, drückte den Kartondeckel fest zu, klopft mit der flachen Hand auf den Deckel als Zeichen, dass sie dieses Kapitel für abgeschlossen hielt.

16

Der Frühling machte die Welt heller.

Ernestine streifte den Winter ab wie einen alten löchrigen Pelz. Wie immer im Frühjahr verstaute sie rigoros alles, was sie in den kommenden warmen Monaten nicht tragen werde: Pullover, Stiefel, Mützen, Schals, Handschuhe, aufgeplusterte Jacken und auch die Wintersachen ihrer Mutter, in den altersschwachen Schrank auf dem Dachboden, aber nicht, bevor sie nicht sämtliche Taschen umgekrempelt und von überflüssigem Inhalt befreit hätte: Fahrscheine, Eintrittstickets, Rechnungen vom Supermarkt, Bleistiftstummel, Papiertaschentücher. Münzen von geringem Wert. Flüchtig weggestecktes Restgeld von Einkäufen. In der Manteltasche ihrer Mutter: ein zerknittertes Rezept, das sie schon in den Abfallbeutel tun wollte, doch sie zögerte einen Augenblick. Ein Rezept ausgestellt von Doktor Runge, jenem Arzt in der Stadt, den ihre Mutter sich zum Hausarzt auserkoren hatte. Vom Dorfarzt hielt sie nichts. „Ein Pfuscher, wenn ich nur denke, wie er deinen Vater behandelt hat. Wer gut ist, bleibt nicht im Dorf", war ihre unumstößliche Meinung. „Stadt, das ist doch einfach solider." Ernestine las: dreimal täglich. Sie untersuchte die Mantelinnentasche genauer: gleiches Rezept, ebenfalls eng zusammengefaltet, gleiche Dosierung.

Nicht eingelöst. Ein Medikament, das vorgab, die Progression einsetzender Demenz aufhalten zu können. Sie wusste also, wie es um sie stand, aber sie verweigerte sich. Unternahm nicht einmal den Anschein eines Versuchs, etwas dagegen zu unternehmen. Ernestine schnaubte vor Wut, sie war drauf und dran, ihr die Rezepte unter die Nase zu halten, sie zur Rede zu stellen, ihr eine Philippika zu halten, mit drastischen Worten, wie anders sollte sie sie zur Vernunft bringen.

Zur Vernunft? Mit den Rezepten in der Hand saß sie auf der alten, müffelnden Matratze, die schon seit Jahr und Tag zum Sperrmüll hätte gehen sollen. Nur nicht losheulen, nicht jetzt und hier schon gar nicht. Sie saß wie festgenagelt auf diesem fleckigen, zerschlissenen Bettpolster, auf dem auch Franz und Wolf mit ihr gelegen hatten. Liebesnächte mit dem einen, pure Befriedigung mit dem anderen. Ihr Blick ging ins Leere, sie fand nicht die Kraft aufzustehen.

Mit übertriebener Pedanterie deckte sie den Tisch für das Abendessen. Ein frisches Tischtuch, das von ihrer Mutter als gut eingestufte Porzellan, die gleichermaßen guten Gläser, Stoffservietten, eine Kerze.

„Was gibt es zu feiern?"

„Zu feiern? Nichts. Vielleicht lässt sich das eine oder andere so leichter besprechen."

„Ich weiß Bescheid. Du kannst mir keinen Vorwurf machen." Sie faltete die Serviette auseinander, zerknüllte sie auf ihrem Schoß, sie entglitt ihr, fiel zu Boden, um Unauffälligkeit bemüht, hob sie die Serviette auf, eine leichte Verlegenheitsröte überzog ihr Gesicht. Sie spielte mit dem Besteck, legte die Gabel mal rechts neben das Messer, mal links vom Teller, tauschte sodann die Seiten von Messer und Gabel aus: rechts vom Teller die Gabel, links davon das Messer, starrte irritiert auf die von ihr vorgenommene Veränderung, bis ihr plötzlich die Erleuchtung zu kommen schien: Sie platzierte das Besteck in den Urzustand zurück; ein kindliches Strahlen lief über ihr Gesicht.

In diesem Augenblick tat sie Ernestine leid. Niemals zuvor hat sie sie in einer derartigen Hilflosigkeit gesehen, sie saß auf ihrem Stuhl wie ein gescholtenes Kind, lächelte verlegen vor sich hin: „Und jetzt?"

„Du gehst zu Gellert, und ich komme mit. Und zwar bald, am besten gleich morgen."

„Zu Gellert? Nie und nimmer. Von Schnupfen mag er ja was verstehen."

„Morgen gehen wir, gleich früh, morgen ist Dienstag."

„Mach mich nicht unmündig."

„Dann benimm dich auch wie eine Mündige!"

„Wie du mit deiner Mutter redest!"

Das abendliche Mal verlief schweigsam, die Weinflasche blieb unangerührt.

17

Er müsse doch mal nach dem Rechten sehen, mit diesen Worten fiel Oskar völlig unerwartet ins Haus. „Was ihr zwei denn hier so treibt. Gut seht ihr aus, beide. Das gefällt mir."

Kaum dass sie seine Stimme an der Haustür vernahm, schlug Marthas Apathie in eine Art Nervosität um, die über die ganze Zeit seines Besuchs anhalten sollte.

„Du erinnerst mich doch allzu sehr an deinen Vater", urteilte sie. „Auch diese Nase, so energisch, kühn. Erinnerst du dich?" Und, als kleiner Seitenhieb auf Ernestine: „Ich freue mich so sehr, dass du es mit deinem Leben so gut getroffen hast."

Er hatte es nicht so gut getroffen. Seine Kanzlei dümpelte vor sich hin, sein Ruf hielt nicht unbedingt das, was er sich selbst davon versprochen hatte. Pflichtverteidigungen, Scheidungen mittelloser Partner, Kaufhausdiebstähle, Fälle mit geringem Streitwert. Die großen Fische zogen an ihm vorbei. Sein Lebensstil war den Erwartungen vorausgeeilt. Er bewegte sich in Kreisen, zu denen er sich hingezogen fühlte, in denen er so etwas wie eine Bestätigung seines Selbstwertgefühls erwartete. Damit einher ging sein Hang zum Höheren, wozu er Bewirtungen in angesagten und somit auch teuren Restaurants zählte, das Wechseln von Autos wie das von Hemden, er lechzte nach dem Gefühl, von anderen beneidet zu werden; immer mehr Schein als Sein, immer ein bisschen große Oper. Die Gestaltung seiner Visitenkarte hat er sich was kosten lassen.

Ernestine hatte sich mit ihm nach seinem Besuch in Frankfurt nicht wieder in Verbindung gesetzt; sie schob dieses Vorhaben vor sich her in der vagen Erwartung, es werde sich doch wieder alles einrenken, irgendwie. In gewisser Weise hatte sich Marthas Zustand stabilisiert. Mit deren kleinen Ausreißern hatte sie sich abgefunden. Die immer gleichen Fragen brachten sie nicht mehr auf die Palme, und dass ihre Mutter die Messer nicht da ablegte, wo sie seit Jahr und Tag ihren festen Platz hatten, dass sie ihre Schmutzwäsche unter ihrem Kopfkissen verstaute, den Telefonhörer nach einem Gespräch nicht wieder auflegte, fand Ernestine lästig, tat dies aber mit dem Kommentar ab: Damit muss man halt leben. Viel ärgerlicher als die vergessene Klospülung fand sie deren Umgang mit den elektrisch betriebenen Utensilien in der Küche. *Mutter, lass das!*, herrschte sie sie zuweilen an.

„Du wirst mir nicht verbieten können, dass ich in meiner eigenen Küche tun und lassen kann, was ich will."

Ein nicht ausgeschalteter Herd, ein Bügeleisen in Dauerbetrieb – das alles war noch nicht vorgekommen, aber den Gedanken daran, dass es vorkommen könnte, fand sie beängstigend.

„Beklage ich mich?", reagierte sie, als Oskar meinte, ihr ein paar Worte des Mitgefühls sagen zu müssen. Er kam ins Haus geschneit wie auf einer geschäftlichen Durchreise. Er hing seine Jacke auf einen Bügel im Garderobenschrank, lockerte den Schlipsknoten und die Schnürsenkel, zog aber die Schuhe nicht aus. Er zupfte die Hemdmanschetten zurecht, nahm an der Stirnseite des großen Wohnzimmertisches Platz, dort, wo der Vater immer gesessen hatte.

„Die Katze habe ich wegen ihr angeschafft. Gellert sagt, ein Tier täte ihr gut. Anscheinend ist es wohl so. Nur, sie wird sie noch zu Tode füttern."

Die Katze umstrich Oskars Beine, machte Anstalten, auf seinen Schoß zu springen, spürte seine Abwehr, trollte sich.

Sein Geschniegeltsein ging Ernestine auf die Nerven. Als befände er sich auf einem gesellschaftlichen Ereignis von hochnotpeinlicher Bedeutung, nicht aber in seinem Elternhaus. Schlips und Kragen, immer. Hat er nichts Saloppes? Sie zog ihn deshalb auf, er reagierte gereizt: „Man kann sich auch in den eigenen Vierwänden gepflegt geben."

„Biedermann", entgegnete sie.

Ihre spitze Zunge verschloss ihm den Mund., er wippte mit den Füßen. Sie hatte das Gespür, als sei er nicht allein wegen ihrer Mutter erschienen. Sein liebedienerisches, aber zugleich auch steifes Getue machte sie misstrauisch. Er vermaß mit seinen Blicken das Haus, ging nach draußen, stapfte durch den Garten, blieb am Zaun stehen, rüttelte am Zaun. Sagte: „Auch noch gut in Schuss, das zieht den Wert nach oben, die kleinen Dinge machen`s."

„Also daher weht der Wind", sagte Ernestine. „Was willst du eigentlich?"

„Ich?"

„Wer denn sonst."

„Nichts. Nur mal so. Vater hat uns schließlich die Hälfte des Wertes hinterlassen. Das ist immerhin " Er überschlug den Verkaufswert, nannte eine ziemlich hohe Summe, lächelte süffisant, sagte: „Du hast dir doch bestimmt auch schon mal Gedanken darüber gemacht."

So musste es ja mal kommen. Zurückhaltung war Oskars Stärke nicht. Früher war es das klammheimliche Einstecken der kleinen Zureichungen. Vater macht´s schon, der hilft. So eine Kanzlei, die kostet erst mal Startkapital, so nannte er es. Kapital, das ihm die sperrige Bank nicht gewähren wollte. Und die Sicherheit?, wollten die wissen. Wie viel mag aus der elterlichen Kasse zu ihm rübergegangen sein? Ernestine hatte keine Vorstellung davon, sie hat auch nie nachgehakt, nahm es hin, so wie es nun mal lief, war sogar nachsichtig: Natürlich, er braucht das, wie sonst sollte er auf die Beine kommen. Man muss sich schon gegenseitig stützen. Ist die Familie nicht dafür da? Für ihn war sie dafür da, immer präsent, ein sprudelnder

Quell. Mutter? Er weiß nicht, wie es wirklich um sie steht. Oder er will es nicht wissen. Er sagt ihr Neckereien, umturtelt sie wie ein Liebhaber, spielt den Charmeur, und ihr gefällt das. Sie sieht nicht hinter seine Fassade, das brächte sie nicht mehr zustande. Und wenn, nähme sie ihn hin, wie er nun einmal ist. So, wie sie es immer hingenommen hatte. Ist halt ihr Sohn. Ihn hat sie nie an den Haaren gezogen. Die Ohrfeigen, die Hiebe auf vornehmlich hintere Körperteile nannte sie verharmlosend Klapse. Für Flausen, die sie ihr auszutreiben hatte. Ihre Zöpfe hatte Ernestine heimlich aufgeflochten, um ihr langes Haar im Spiegel zu betrachten. Das Haar, ein goldenes Vlies, das sich schulterlang an ihren Nacken schmiegte, das sie umschmeichelte wie ein seidenes Tuch. „Ich werde es dir abschneiden!", hatte ihre Mutter gedroht. „Hast du nichts anderes im Kopf, nichts anderes zu tun?" Sie gab zurück, was auch sie hatte einstecken müssen. „Mein Gott, womit habe ich das verdient! Stell dich nicht so an, hör auf zu heulen!"

„Heulsuse!", rief Oskar seiner Schwester hinterher. Sie intervenierte nicht.

Erst als der Franz in ihr Leben trat, machte Ernestines Verhalten ihrer Mutter gegenüber eine Kehrtwende.

Ernestines Zusammensein mit Franz war für die Mutter der Gipfel der Unverfrorenheit. „So jung, wie du noch bist. Und dann solche Flausen im Kopf. Das ist ja schon keine Spielerei mehr. Dass du dich nicht schämst!"

War es in der fünften Klasse, war es in der sechsten? Franz muss in der siebten oder achten Klasse gewesen sein. Ein hochaufgeschossener Junge mit schlenkernden Armen und Fassonschnitt. Franz wartete nach Schulschluss auf sie, das heißt, eigentlich wartete er nicht so richtig, jedenfalls tat er so, als wartete er nicht. Er stand einfach nur so da, rein zufällig, malte mit den Füßen Kringel in den Sand. „Ach du?", sagte er, so lapidar wie es ihm gerade gelang. Auch sie tat überrascht, ihn an immer derselben Stelle anzutreffen. „Gehst du nach Hause"? Wohin sonst sollte sie gehen. „Ja dann", sagte er und schlenderte neben ihr her, schweigsam als hätte man ihm den Mund zugenäht. Alles was ihm vor die Füße kam, kickte er weg: Steine, Kastanien vom Vorjahr, zerknülltes Papier. Mal rückte er ein Stückchen näher an sie heran, mal wahrte er größere Distanz. Wenn es zu einer wie versehentlichen Berührung mit ihren Oberarmen oder gar mit den Händen kam, zuckte er zusammen, murmelte irgendwas, vielleicht eine Entschuldigung, was sie albern und belustigend fand, und wenn sie kicherte, kriegte er rote Ohren und setzte eine trotzige Miene auf. Es dauerte eine gewisse Zeit, bis sie Details an ihm wahrnahm: sein struppiges brünettes Haar, das, so jedenfalls empfand sie es von Mal zu Mal intensiver, eine gewisse, irgendwie wohltuende Wärme abstrahlte; die zusammengewachsenen Augenbrauen, die, je nach Gemütszustand, mal noch enger zusammenrückten, was den Eindruck erweckte, als löse er gerade eine besonders knifflige Aufgabe; ein anderes Mal drifteten seine Brauen voneinander weg, als hätten sie einen Streit miteinander auszufechten. Was sie an ihm belustigend fand und ihr an ihm besonders gefiel, war seine Stimme, das heißt sein Bemühen, die Stimme, die zwischen piepsigem Diskant und schnarrendem Bass hin- und herwankte, unter Kontrolle zu bringen.

„Du kannst ja mit zum Baden kommen", sagte er eines Tages zu ihr.

Das war der Tag, an dem sie zum ersten Mal einen Bikini anzog. Eine Scheu, die der späteren Vertrautheit voranging.

„Das machst du nicht noch einmal, dich von einem Jungen nach Hause bringen lassen!" Auf der Stirn ihrer Mutter standen Zornesfalten.

„Ich habe mich nicht nach Hause bringen lassen, wir haben den gleichen Weg."

„Jetzt lüge nicht auch noch!"

Doch ihre Mutter beließ es bei der verbalen Attacke. Sei es, dass auch sie mitbekam, dass Ernestines Körper sich in der Umbruchphase befand, sei es, dass sie gegen deren aufkeimenden Widerstand resignierte. Zwei, drei Jahre dauerte die Tändelei mit Franz, danach hielten sie sich für unzertrennlich.

Ihren Bruder Oskar machte ihre Mutter um ein Jahr jünger. „Sechzehn", gab sie bei Nachfragen an und hämmerte dem Siebzehnjährigen diese Zahl wie mit einem Hämmerchen in seinen Schädel, der um nichts in der Welt ein Jahr von seinem wirklichen Alter abzugeben hatte. „Sechzehn, hast du gehört?! Soll ich etwa zusehen, wie sie dich schnappen? Die paar Wochen, die schaffen wir auch noch." Sie musste resigniert zusehen, wie sich auf seiner Oberlippe dunkler Flaum ansiedelte, wie sein Stimmbruch sich in eine für immer tiefe Tonlage entschied, wie ihm die Hemden im Brustbereich zu eng, an den Armen zu kurz geworden waren. Seinen achtzehnten Geburtstag unterschlug sie mit den Worten: „Das hat noch Zeit."

An Ernestine gerichtet rief sie oft aus: „Wohin soll das nur führen mit dir!" Dies war keine Frage. Es war eine Drohung, die sie später noch häufig von ihrer Mutter zu hören bekommen sollte.

Wohin es mit Oskar führen sollte, stand für die Mutter nicht zur Debatte. Er war der Junge, der sich die Hörner abstoßen sollte, damit konnte er nicht früh genug beginnen. Soll doch mal ein richtiger Mann werden! Ob zur Mannwerdung auch sein kurzes Intermezzo als Flakhelfer herhalten sollte, war eine nicht verhandelbare Frage. Die Schummelei mit dem Alter hatten sie nicht durchhalten können.

Und jetzt Oskars überfallartiger Besuch. Ist er gekommen, um mit seinem Erbe zu spekulieren?

Gestern hat er bei ihr in ihrem Zimmer gesessen. In diesem Haus kriegt man alles mit, nichts bleibt verborgen, kein Wortwechsel, keine Intimität. Ja, ich habe gelauscht, gestand Ernestine sich ein. Ich weiß, wie widerwärtig das ist, aber es ließ sich nun mal nicht vermeiden.

In diesem Haus haben alle Wände Ohren. Sie hörte ihre Stimmen, als sie am Zimmer ihrer Mutter vorbeiging. Sie vernahm, wie ihre Stimmen immer lauter wurden, die Stimme der Mutter in Hysterie umzuschlagen drohte, sich überschlug. Etwas fiel zu Boden, zersprang. Versehentlich, absichtlich? Sie wagte nicht anzuklopfen, sie fürchtete die Reaktion: „Hast du wieder gelauscht?" Danach wurde es stiller, fast schon gespenstisch still. Oskar hielt seine Stimmlage unter Kontrolle, das Wort, das unter seinen Erwiderungen hervorstach, lautete *Vernunft*, und als Nachsatz: „Sei doch vernünftig!"

„Kommt überhaupt nicht in Frage!", hörte Ernestine sie mit erhobener Stimme rufen. „Ich bleibe hier! Hier in meinem Hause!"

Am Nachmittag packte Oskar seine Sachen zusammen, viel war es nicht: Der Anzug im Kleidersack, die Reisetasche. „Ich habe Termine", rechtfertigte er seinen hektischen Aufbruch. Etwas hilflos stand Martha in der Haustür. Die Katze hatte neben ihr Platz genommen, spielte mit den Ohren und blinzelte misstrauisch in Richtung Oskar.

„Mein Gott, du bist doch gerade erst angekommen. Bin ich wieder mal an allem schuld? Ernestine!

Wo sie nur wieder steckt, sie könnte dir doch ein Brot für unterwegs machen. Ach Oskar, es war doch alles nicht so gemeint."

„Nur keine Umstände, macht ihr doch hier, was ihr wollt." Er warf seine Utensilien in den Kofferraum und brauste grußlos davon.

„Dass es soweit kommen musste", murmelte Martha, nahm die Katze auf ihren Arm und schloss die Tür.

18

Eines Tages, es muss Ende September gewesen sein, der Sommer lag in seinen letzten Zügen, das Laub begann sich zu färben, die Abende wurden kühler, eines Tages erklärte Ernestine: „Ich werde Urlaub machen. Ich brauche Tapetenwechsel, wenigstens für zwei Wochen."

„Zwei Wochen?" Ihre Mutter warf ihr einen irritierten Blick zu. „Warst du denn nicht erst vor kurzem in Polen?"

„Das war etwas anderes, das war Arbeit, Recherche."

„So?"

„Alle in der Redaktion hatten Urlaub. Sind braungebrannt zurückgekommen, sehen so frisch aus, erholt. Und ich? Blass wie eine Treibhauspflanze, abgearbeitet. Irgendwann einmal ist es genug. Ich werde das hier alles regeln, brauchst dir keine Gedanken machen. Und außerdem hast du die Katze. Ich jedenfalls brauche Tapetenwechsel."

„Tapetenwechsel hast du doch gehabt in deinem Frankfurt. War wohl doch nicht so das Richtige. Lange hast du es dort ja nicht ausgehalten."

„Das verstehst du nicht."

„Immer ist es etwas, was ich angeblich nicht verstehe. Wieso eigentlich nicht? Und – wohin willst du denn fahren?"

„Das weiß ich noch nicht so genau. Irgendwohin. Sonne, Wärme, Vielleicht sogar Palmen. Diese drei sollten mir genügen. Irgendwas wird sich schon finden. Andere tun es doch auch. Warum jetzt nicht auch mal ich?"

„Du machst mir richtig Angst. Was soll aus mir werden?"

Da ist sie wieder, diese Angst herbeibeschwörende Frage. Wenn ich sie daran erinnere, wie sehr die Krankheit an ihr nagt, hebt sie abwehrend die Hände und pocht auf ihre Unabhängigkeit, Nehme ich sie mit ihrer Unabhängigkeit beim Wort, kommt die Was-soll-aus-mir-werden-Frage.

Sie hat sich den Pulli mit Kaffee bekleckert. War das nun Absicht? Spielt sie mir die Ungeschickte, die Hilflose, die Bedürftige vor? Wie viel Theater steckt in ihrem Tun? Nein, das war jetzt nicht gespielt. Sie hat sich eine ganze Pfütze auf ihren Schoß geschüttet, und scheinbar merkt sie es nicht.

„Komm, wir müssen den Rock wechseln."

„Ich weiß auch nicht, was mit mir ist, manchmal komme ich mir so ungeschickt vor."

Sie gingen in Marthas Zimmer.

„Wir sollten hier mal gründlich aufräumen, meinst du nicht auch? Die vielen Tassen, und überall die Schmutzwäsche."

„Das ist mein Zimmer."

Ernestine legte ihr eine Hose bereit, die sie für den Aufenthalt im Hause für angebracht hielt. Eine Bequemhose mit Gummizug und großen Taschen.

„Die Schlabberhose ziehe ich nicht an."

„Die Schlabberhose ziehst du an."

„Wie du wieder mit mir sprichst."

Sie zog die Schlabberhose an.

„Zwei Wochen. Ist das nicht zu viel?"

Wahrscheinlich ist es zu viel, dachte Ernestine. Warum sagt sie nicht einmal, nur ein einziges Mal: Ja, tu das, du brauchst das, gönne dir was Gutes, ich packe das schon, mach dir keine Gedanken. Kein Wort davon. Ich bin noch gar nicht weg, und schon ist das schlechte Gewissen mein Reisebegleiter. Ich ahne es: Ab sofort ist ihre Hilflosigkeit kein Spiel mehr.

„Zwei Wochen, mein Gott."

19

Vom „Sorglos Service" hatte sie eine Frau gewinnen können, die sich für zwei Wochen in ihrem Hause einquartierte. Je weiter sie der Flieger trug, desto mehr schrumpfte ihr schlechtes Gewissen. Dann der hohe Himmel, der goldgelbe Sand, die knatternden Palmen, sie alle taten ihr Übriges. Sie bediente sich am Frühstücksbuffet überreichlich, auf jeden Fall mehr als ihrer Figur zuträglich gewesen wäre. Sie saß allein an einem Zweiertisch und sie hatte das Gefühl, dass alle Augen auf sie gerichtet waren. Doch das machte ihr nichts aus. Natürlich waren nicht alle Augen auf sie gerichtet, das erkannte sie sehr schnell, die anderen Gäste waren zu sehr mit sich selbst beschäftigt. Einmal ungeniert zulangen, einmal nicht aufdecken, nicht abdecken müssen, einmal sich gehen lassen, einmal nichts tun müssen, einmal sich fallen lassen.

Nach dem dritten Tag war sie drauf und dran, die Segel zu streichen. Was geht mich das hier alles an: zu Türmchen gestapelte Hähnchenbeine; im Bratfett erstarrte Fische, deren Namen sie nicht kannte; Lamm geschnetzelt, farciert und am Stück. Brotlaibe rund, lang, breit, geflochten, gedrechselt, offenbar trieb die Phantasie der Bäcker Blüten in der Annahme, hiermit den Bedürfnissen der Gäste entgegengekommen zu sein, ob sie es nun mögen oder nicht; eine Orgie an

Naschereien aus Honig, Mandeln, Nüssen, Datteln, Feigen; in schrillen Farben changierende Cremes; in Rosetten und zu Pyramiden arrangierte Früchte des Landes; selbst Obst aus fernen Landen, an dessen Anblick die Gäste aus deren einheimischen Wochen- und Supermärkten gewöhnt waren; schließlich sollte man sich doch hier wie zu Hause fühlen. Sättigung der Sinne. Hier galt es keineswegs, einen Hunger zu stillen, allenthalben den Appetit.

An einem Stand buk ein mit einer blütenweißen Kochhaube bemützter blitzäugiger Jungkoch hauchdünne Blinsen in einer Pfanne, welche er mit geübtem Schwung und doppeltem Überschlag in der Luft wendete und sodann auf die ihm entgegengehaltenen Teller jonglierte. Ernestine beobachtete sein Tun aus den Augenwinkeln, strich zuweilen um seinen Stand wie die Katze um ihren Futternapf, warf ihm sogar im Vorübergehen das eine oder andere Wort der Bewunderung zu, sendete ihm von ihrem Tisch aus in Gedanken kleine verlangende Küsschen, spürte bei seinem Anblick prickelnde Wellen der Erregung über ihren Körper gleiten, wandte sich aber dann, weil die Ratio, die wie eine kalte Dusche über sie hinwegstürzte, von ihm weg, und nahm mit dem Rücken zu all den Verlockungen, die sich nunmehr ihrem Auge verschlossen, an ihrem Tisch mit zwei Stühlen Platz. Mit den Häppchen, die sie in ihren Mund zelebrierte, war sie länger beschäftigt als die anderen Gäste um sie herum. Sie ging nach dem Frühstück in ihr Zimmer, verstaute leicht widerborstig Badetuch, Badeanzug, Badelatschen, Cremes, *Eine unverschämte Frau*, Lesebrille und

Nagelfeile in die Badetasche und lief, bewaffnet mit der Sonnenbrille, hinaus an den Strand, verteilte auf der Suche nach einem ungestörten Plätzchen Lächeln nach links, nach rechts, streckte sich auf die Liege, die ihr der Strandwärter übereifrig und ebenfalls unentwegt lächelnd darbot, nieder, blinzelte in die Sonne, atmete tief durch. Urlaub, dachte sie. So soll es sein.

Soll es so sein? Schläfrigkeit übermannte sie. Die knallenden Lacher aus der Nachbarschaft, die vom Meeressaum herangetragenen Juchzer der Kinder, das Gebolze ältlicher Männer, die meinten, den breitesten und somit schönsten Strandabschnitt in ein Fußballfeld verwandeln zu müssen, erreichten sie nicht.

Sie driftete im Traum in ein Land ab, dessen Konturen ihr wie von Schleiern verhüllt schienen. Sie hörte wispernde Gräser, Kindergekreische, aus dem heraus sich die kratzige Stimme eines Jungen mit aschblondem Strubbelhaar schälte, sie sah fließendes Wasser, aufblitzende Fischleiber, ein Boot voll winkender Menschen, wobei sie nicht ausmachen konnte, ob es sich um ein grüßendes oder ein um Hilfe rufendes Winken handelte. Sie wollte den strubbelhaarigen Jungen nach den Menschen im Boot fragen, den Jungen, der sie anblickte, als hätte er sie nicht verstanden. Sie wiederholte ihre Frage nach der Deutung des Winkens auf dem Fluss. Oder war es das Meer? Seine Antwort war ein knappes Schulterzucken.

Als sie die Augen aufschlug, merkte sie, dass sie geweint hatte. Weinen im Schlaf bringe Unglück, hatte ihr ihre Mutter einmal gesagt. Woher sollte sie, ausgerechnet sie wissen, dass man im Schlaf weinen kann? Hat sie, Martha, im Schlaf geweint, hat sie überhaupt jemals geweint? Ernestine trocknete mit dem Handtuch ihr Gesicht, und sie vertraute darauf, dass derjenige, der sie beobachtet haben könnte, annehmen würde, dass die mit fortschreitender Tageszeit zunehmende Hitze Schweiß über ihr von der Sonnenstrahlung leicht gerötetes Gesicht getrieben habe. Sie wollte sich erheben, es gelang ihr nicht sofort, allein auch deshalb, weil sie fürchtete, beim Aufstehen eine plumpe, um nicht zu sagen groteske Figur zu machen. Sie griff nach dem Buch in der Badetasche, schlug es willkürlich auf irgendeiner Seite auf, versuchte darin zu lesen, legte das Buch in die Tasche zurück, zupfte die Quetschfalten aus dem Badetuch und setzte die im Kurzschlaf heruntergefallene Sonnenbrille, mit der sie ihr halbes Gesicht verdecken konnte, wieder auf die Nase. Urlaub, dachte sie. Noch zehn Tage, noch viel Zeit. Was soll ich damit beginnen, wie die Leere füllen? Sie hielt die Menschen, die um sie herum auf ihren Liegen sich räkelten, die tobenden Kinder, selbst den Strandwächter mit seiner Liegenverteilstelle, für unbeschwert und somit für glücklich. Sich selbst empfand sie als Fremdkörper in diesem unbeteiligten Nebeneinander, irgendwie nicht dazugehörig. Die Kulisse stimmt, doch das Stück, das auf der Bühne gespielt wird, ist nicht ihr Stück. Wie die sich plötzlich schier endlos dehnenden Tage füllen. Sich an einen andere Ort wünschen, oder mit jedem weiteren Tag ein Stück näherrücken an die festgefügte Wunscherfüllung? Eine andere Option sah sie nicht. Das Beste daraus machen, da es nun mal nicht anders ging. Was aber ist das Beste? Die Aushänge an der Rezeption lockten mit Ausflügen zu Basaren, zu Teppichwebereien, zu einer Schmuckmanufaktur, in die Hauptstadt. Ein Plakat versprach einen illustren Volkloreabend im Nachbarort. Die Frau hinter dem Rezeptionstresen lächelte: „Wenn ich Ihnen weiterhelfen kann "

Sie fühlte sich gefangen in der Falle namens Charterflug hin und zurück. So werde ich die kommenden Tage mit mir und meinen Gedanken allein verbringen müssen, sinnierte sie. „Die Seeluft hat ihnen aber gutgetan", hörte sie schon im Voraus die Kollegen kommentieren. „Haben richtig Farbe gekriegt. Bei der Sonne. Klar doch. Steht ihnen gut, die Frische." Bin ich hier, um den Erwartungen von Menschen zu entsprechen, die mich so und so nichts angehen? Die mir dann übergangslos und ungefragt von Insel soundso etwas vorschwärmen, wo sie ihren letzten Urlaub verbracht hatten? Kein Wölkchen, Sonne satt, die Strandbars, und alles noch einen Tick schöner als hier. Ich werde hier nicht an die Strandbar gehen, ich, allein. Eine, die Anschluss sucht, weshalb ist sie denn sonst hier. Und abends in die Bar schon gar nicht. Eine Frau im reifen Alter, reif wie eine Frucht, die mit unausweichlicher Überreife im Blick gegen die Erdanziehung aufbegehrt, eine Frau, der vielleicht alles gelingen mag, nur keine Anbändelei, nicht einmal ein verrutschter Flirt, und ein lasziver Blick schon gar nicht. So glaubte sie, Stimmen hinter ihrem Rücken und mit vorgehaltener Hand zu vernehmen, ein Wispern, das alle anderen Geräusche in ihren Ohren überlagert. Alleinreisende Frau auf Anschlusssuche. Grauenhaft. Ungesucht werde sie so und so niemand begegnen, keinem ältlichen Prinzen, geschweige denn, dass ihr ein Wolf über den Weg liefe. Noch zehn Tage: Guten Morgen wie geht es Ihnen, haben Sie gut geschlafen, was für ein schöner Tag heute wieder, genießen Sie ihn. Vom Personal einstudierte Nettigkeiten, die jedem Gast zuteilwurden, alleinstehenden Gästen vielleicht ein klein wenig mehr. Alleinreisende pflegen, was das Trinkgeld angeht, spendabler zu sein.

Sie hatte ihre Mutter noch nicht angerufen. Auch nicht nur kurz, wie sie es vorhatte, um ihr mitzuteilen, dass sie und wie sie angekommen sei. Je länger sie damit wartete, desto schwieriger werde es für sie sein, auf die spitze Frage *„Warum rufst du denn heute erst an?"* eine plausible Antwort zu finden.

Als sie schließlich Martha doch anrief, stellte diese keine Fragen. Sie klagte auch nicht, sie wirkte sogar locker, ja fast heiter. Wie schön es doch heute wieder bei ihr sei, die Sonne, die Wärme. Geradezu schwärmerisch ließ sie sich über den blauen Himmel über Wallnitz aus. Ernestines Frage nach dem Sorglos Service blitzte sie ab mit „Die verstehn ihr Handwerk". Ein Seitenhieb.

Sie brach das Gespräch ab, ohne das Versprechen zu geben, sie bald wieder anzurufen. Sie ging auf den Balkon hinaus, setzte sich auf einen der abertausendfach in allen Ländern, an allen Orten verteilten weißen Allerwelts-plastikstühle, ließ ihre Augen über die Welt unter sich gleiten – Garten, Swimmingpool, Strand, Meer – in dem bedauerlichen Gefühl, sie werde diese Welt nicht annehmen können. Sie empfand eine gewisse Bewunderung für die Menschen, denen es offenbar mühelos gelang, zu viert oder gar mehr einen Tag lang auf maximal zehn Quadratmetern sandigem Boden zu verbringen, ohne dass deren Physis, geschweige denn Psyche Schaden nahm.

Die Hitze hatte ihren Zenit erreicht, ihr Zimmer lag im Halbschatten. Sie versuchte, die wabernde Hitzewelle aus ihrem Zimmer fernzuhalten, sie verließ den Balkon, schloss die Vorhänge, legte das letzte Kleidungsstück ab, legte sich rücklings auf das zunächst noch kühlende Bettleinen, verschränkte die Arme unter ihrem Kopf, versuchte, diese zur Bewegungslosigkeit verdammende Glut zu überdämmern, aufkeimende Gedanken an Franz abzuwenden, die ihren gesamten Körper ergreifende Erregung zu unterdrücken. Wärst du nur hier, Franz. Du und dein Amerika. Einfach weg sein mit dir, alles hinter sich lassen, den ganzen Ballast, den sie mir aufgeladen haben, wegwerfen, vergraben auf immer und ewig, im Ozean versenken, ein letztes Hinterhersehen vielleicht, kein einziges Aufbäumen mehr, nur noch ein Strudel als

Zeichen: Es ist getan. Franz, wohin bist du gegangen, wohin haben sie dich gehen lassen?

Als sie sich auf dem Höhepunkt der Erregung in den Unterarm biss, spürte sie keinen Schmerz, sie leckte die Blutstropfen fort, wartete, bis das Rauschen in ihren Ohren abgeebbt war, bis ihr Pulsschlag sich wieder auf seine Normalfrequenz eingependelt hatte. Danach spürte sie nichts, nur Leere, tiefe Erschöpfung wie nach einer langwierigen Bergbesteigung, selbst die paar Schritte bis zur Dusche hielt sie für unüberwindbar.

20

Martha ging es nicht gut. An den ersten beiden Tagen nach Ernestines Abreise verweigerte sie jegliche Nahrungsaufnahme wie ein Hund, dem sein Herrchen abhandengekommen war. Agnes sprach mit einem Akzent, den Martha keinem Lande zuordnen konnte, und somit beschloss sie, sie generell nicht zu verstehen.

„Machen Sie doch, was Sie wollen", war ihre Reaktion auf jeden Versuch seitens Agnes, mit ihr ein halbwegs leidliches Gespräch anzubahnen. Agnes zog sich mehr und mehr in die Küche zurück und hing, so oft ihr Tagesablauf es zuließ, an ihrem Mobiltelefon. Wenn sie nicht telefonierte und wenn sie Martha apathisch in ihrem Sessel sitzen sah, schaltete sie den Fernseher ein in der Annahme, Martha mag das und sei nunmehr beschäftigt und von ihren Grübeleien abgelenkt. Die Katze mochte Agnes nicht, aber das beruhte auf Gegenseitigkeit: Agnes mochte auch die Katze nicht, die sie, zusammengerollt auf Marthas Schoß, mit ihren gelben Augen misstrauisch anblinzelte. Sie scheuchte sie in unbeobachteten Augenblicken harsch aus der Küche, und um Martha vorzumachen, dass auch sie die Katze mag, fütterte sie sie überreichlich mit fresssüchtig machenden Köstlichkeiten – Kalbfleisch im eigenen Saft, Leberklößchen.

Die Katze ignorierte die Rausschmisse, schlich sich häufiger denn je unter den Küchentisch, wo sie Agnes auflauerte und den Moment abwartete, der ihr geeignet schien, Agnes Waden zu umstreichen. Agnes rächte sich mit leckerem Dosenfutter.

Der permanent flimmernde Bildschirm interessierte Martha immer weniger. Neuerdings war sie tagsüber ständig auf der Suche nach Dingen, von deren Aufbewahrungsort Agnes nichts wissen konnte, geschweige denn, dass sie eine Ahnung von deren Existenz gehabt hätte. Ohnehin hätte sie es nie gewagt, in Schränken oder Schubfächern nachzusehen, allein schon aus der Angst heraus, der Schnüffelei bezichtigt zu werden. „*Sorglos Service – eine Vertrauenssache*", so der Untertitel unter dem Firmenlogo. Abgesehen von den unumgänglichen Dingen im Haushalt rührte sie nichts an, wozu sie nicht ausdrücklich befugt war.

Auch der Dachboden war für Agnes tabu. Als sie sah, dass Martha Anstalten machte, die wacklige Leiter zu erklimmen, hob sie beschwörend die Hände: Wenn da etwas passierte, nicht auszudenken, und sie sei dann auch noch schuld. Dummes Zeug, wies Martha sie zurück und keuchte in ihrer Schlabberhose die steilen Sprossen zum Boden hinauf und warf, auf der obersten Stufe angekommen, drohende Blicke gegen Agnes, die mit kummervollen Augen ihrem Tun gefolgt war. „Vorsicht, aufpassen Sie!", rief sie ihr nach. Sie hörte, wie Marthas Füße unruhig über den Boden huschten, vernahm verhaltenes Schimpfen: „Diese Unordnung hier, wo hat sie das nur hingelegt,

wenn man nicht alles selber tut." Dann erschien sie
auf dem oberen Podest mit einem Pappkarton in der
Hand, sie wirkte etwas ratlos, so als überlege sie, wohin sie den Karton tun solle oder wie sie ihn nach unten befördern könne. Als reichte ihre Armeskraft
nicht mehr aus, ließ sie den Karton ganz einfach fallen. Dessen gesamter Inhalt ergoss sich über die
Treppe vor Agnes` Füße.

„Lassen Sie das liegen!", drohte sie von oben und
krabbelte im Rückwärtsgang die Bodentreppe hinunter.

„Dort muss ich aufräumen", brummelte sie, nachdem sie mit viel Geächze und Gestöhne unten angekommen war.

Jetzt ließ sie es zu, dass Agnes ihr beim Einsam-
meln des Kartoninhalts half. Was sich alles über die
Treppe ergossen hatte, interessierte Agnes nicht, auch
abgesehen davon, dass sie die Schriftstücke nur
bruchstückhaft verstanden hätte: Glückwunschkarten
zu Geburtstagen, Weihnachten, Neujahr, Ostern, vereinzelt auch zu Pfingsten, Beileidsbekundungen zum
Ableben ihres Mannes, Grußkarten von der See, aus
den Bergen, darunter auch die Postkarte, mit der Ernestine angekündigt hatte, wann und mit wem sie
vom Seeurlaub zurückkäme, Papierschnipsel mit eilig
hingekritzelten Notizen, längst überholten Arzttermi-
nen, Geburtsurkunden, weit zurückliegende An-
kunfts- und Abfahrtzeiten von den wenigen Zügen,
die in Wallnitz Station machten, einige vergilbte Zei-
tungsausschnitte, nicht immer sauber

herausgeschnitten, oftmals herausgerissene Fetzen ohne Datum und Nennung der Ausgabe, Ankunftszeiten von Heimkehrerzügen, Mitteilungen über Lebensmittelsonder-zuteilungen für besonders bedürftige Familien mit Kleinkindern, und immer wieder Briefe, auch von Menschen, die sie in ihr brüchiges Gedächtnis nicht mehr einzuordnen vermochte. Die beiden Frauen hatten sich auf ihren Knien niedergelassen und begannen, die Schriftstücke einzusammeln und wieder in den Karton zu legen.

„Der Brief muss hier sein," sagte sie. „Das weiß ich ganz genau."

An Marthas „*Weiß ich ganz genau*" hatte Agnes sich gewöhnt. Nichts wusste sie ganz genau. Was sie vermisste und suchte, befand sich nur selten an dem Ort, von dem sie steif und fest meinte, dass es dort zu sein habe.

„Was suchen Sie?" wollte Agnes wissen.

„Einen Brief", sagte Martha.

„So", sagte Agnes, sie konnte mit dieser Auskunft wenig anfangen. „Brief, von wem?"

Der Blick, den Martha Agnes zuwarf, traf sie so misstrauisch wie der Blick der Katze auf Marthas Schoß.

„Davon verstehen sie nichts."

Agnes hielt ein hellblaues Kuvert in den Händen.

„Zeigen sie mal her!."

Sie reichte ihr den Umschlag.

„Das muss es sein", sagte Martha und wendete den Umschlag hin und her. „Das andere brauche ich nicht mehr, das kann in den Müll."

Martha sah die Zweifel in Agnes Augen: „Müll, habe ich gesagt. Alles."

Agnes tat es nicht in den Müll.

Martha ging mit dem Umschlag ins Wohnzimmer, nahm am großen ovalen Tisch Platz.

Agnes begann, Nippes zu entstauben, dabei beobachtete sie Martha aus den Augenwinkeln. Wenn sie jetzt nur nicht wieder einen dieser Aussetzer kriegte, flehte sie innerlich. Aussetzer, das waren Momente, die zwei Möglichkeiten bereithielten: Entweder saß Martha stumm und unbeteiligt und wie zur Salzsäule erstarrt im Sessel und es gab nichts, was sie hätte erreichen können, keine Ansprache, keine Verlockung kulinarischer Art, nicht einmal die Katze schien sie wahrzunehmen. Die andere Möglichkeit war die schlimmere: Aus dem Stand befielen sie Zornesausbrüche, ließ sie Beschimpfungen über Agnes herabregnen: „Hergelaufene, Schnüfflerin, Diebin, ich lasse mich nicht bestehlen, von Ihnen nicht, verlassen Sie mein Haus, auf der Stelle!" Sie drohte mit dem Krückstock, warf mit Gegenständen in ihrer Reichweite nach Agnes, und sackte dann urplötzlich zusammen, fiel in ihren Sessel zurück, versteinerte. Wenn Agnes sich nicht anders zu helfen wusste, packte sie sie am Arm, hielt sie fest, redete ihr zu: „Beruhigen Sie sich, wird alles gut." „Fassen Sie mich nicht an!", schrie

Martha, und Agnes ließ sie los, auch aus Angst, zu fest zugepackt zu haben. Woher denn der blaue Fleck am Oberarm komme, hatte die Pflegerin einmal spitz gefragt. Agnes hatte gespürt, dass sie ihr misstraute, dass sie im Wiederholungsfall nicht zögern würde, *„der Sache auf den Grund"* zu gehen, wie sie sich ausdrückte. Nicht sie war die Verursacherin des blauen Flecks. Martha hatte sich an der Tischkante gestoßen, wie sie sich oft auch an anderen harten Widerständen stieß. Blaue Flecken hatte sie auch am Leib, im oberen Beinbereich.

„Ich weiß nicht, wo meine Brille ist", klagte Martha. „Lesen Sie mir das doch mal vor." Sie hielt ihr den Brief mit dem hellblauen Umschlag entgegen. Ihre Leseunsicherheit war ihr peinlich, denn immer noch behauptete sie, dass sie sehr wohl ohne Lesehilfe zurechtkomme. Doch im Moment blieb ihr keine andere Wahl. „Sie können doch lesen?", provozierte sie Agnes.

„Ja," sagte Agnes etwas unsicher, „langsam."

„Liebes Martchen", begann sie mit leierndem Tonfall. „Von hier aus liebe Grüße. Ein Tag vergeht wie der andere, wir haben viel zu tun, aber man versorgt uns gut. Bei allem, was ich mache, denke ich immer auch an Dich, mein Marthchen. Der Gedanke, dass Du mich hier besuchen möchtest, macht mich ganz wirr im Kopf. Doch das geht nicht. Habe doch Geduld. Warum kannst Du Dich nicht auf das Kind freuen? Die Ungewissheit macht Dir zu schaffen, sagst Du. Der Krieg ist nun mal überall, aber wir schaffen das schon, wirst sehen. Irgendwann ist ja mal Schluss, dann wird sich alles klären. Und überhaupt, wie würde dein Mann reagieren, wenn Du einfach nur so wegführest. Nein das geht nicht, das verstehst du doch. Wir zwei, wenn wir nur zusammenhalten. In Liebe, Dein Fritz." Und ein PS – für Agnes der größte Lesestolperstein: „Wie immer postlagernd." „Postlagernd," echote sie und schüttelte verständnislos den Kopf.

„Man muss nicht alles verstehen", sagte Martha. „Er war ein guter Mann, wir haben so viel zusammen gelacht. Wissen Sie, der Krieg ist an allem schuld. Man hat uns da so reingerissen, und dann wurde gesagt, wir sind an allem schuld. Nein, nein, die Welt ist so. Ja-wohl, die Welt. Der Mensch, der ist gut, nur die Politik, die ist schlecht. Das hat Friedrich gesagt, und das hat auch mein Mann immer gesagt: Martha, hat er ge-sagt, lass dich bloß nicht auf Politik ein. Hat er nicht recht gehabt? Wie spät ist es überhaupt. Haben Sie mir schon meine Medizin gegeben?"

Der Zeitraum zwischen Geschehen und Erinnern schrumpfte immer mehr zusammen. Damit umzuge-hen fiel Agnes nicht sonderlich schwer. Mehr Kum-mer bereitete ihr Marthas Bestreben, auszubrechen, unkontrolliert das Haus verlassen zu wollen, ihre ver-bissene Suche nach den passenden Schlüsseln für die Haustür, für die Terrassentür, für den Hintereingang. Agnes hielt sämtliche Außentüren verschlossen, sie verwahrte die Schlüssel in ihrer Handtasche, eine

Sicherheitsmaßnahme, die ihr der Sorglos Service angeraten hatte.

„Gefangen in den eigenen vier Wänden. Hält man mich etwa für verrückt?"

Agnes bot ihr an, sie zu begleiten, mit ihr spazieren zu gehen. Martha lehnte rundweg ab. „Ich lasse mich nicht bevormunden."

Als das Telefon klingelte, hob Agnes ab. „Nein nein, alles in Ordnung. Sie ruht, sie schläft. Sie ruft zurück, später."

Zurückrufen? Nicht nötig, sie komme in wenigen Tagen nach Hause, sagte Ernestine, dann werde man sehen. Und wo doch ohnehin alles in Ordnung sei.

21

Nichts war in Ordnung. Seit Ernestines Abreise war es mit ihrer Mutter stetig bergab gegangen. Agnes hatte ihr gerade die Windeln gewechselt, sie gereinigt wie ein Baby, die Schürfwunde, die sich bei einem Sturz am rechten Bein zugezogen hatte, versorgt, hatte sie in ihr Bett gebracht, sie zugedeckt, ihr den Teddy in den Arm gelegt, hatte ihr gut zugeredet, sich auszuruhen. Martha ließ es über sich ergehen.

Aus einem plötzlichen Stimmungsumschwung heraus rief sie: „Ausruhen? Wovon eigentlich?" Agnes schüttelte ihr das Kissen auf, sagte: „Ich bin nebenan." Doch sie ging nicht nach nebenan, sie nahm auf dem Stuhl neben Marthas Bett Platz. Kurz nachdem Martha eingeschlafen war, glitt auch sie in einen unruhigen Dämmerschlaf hinüber. Ihr Kopf fiel zur Seite, sie drohte, vom Stuhl zu rutschen. Als sie hochschrak, befiel sie das Gefühl, von Martha beobachtet zu werden. Sie fuhr sich mit der Hand übers feuchte Gesicht.

„Hast Du geweint?"

„Nein, nein", beschwichtigte Agnes. „Ale czasem jest to tak. Manchmal."

Für einige Sekunden lag das Zimmer in einer Stille, die beide Frauen als beängstigend empfanden. „Totenstille", dachte Agnes.

Martha brach das Schweigen: „Agnes, ich habe Dich nicht verstanden. Was hast Du gesagt?"

„Manchmal ist das so", sagte Agnes.

Martha hob ihre Beine aus dem Bett, schlüpfte in ihre Pantoffeln, griff nach dem Stock.

Agnes wollte ihr zu Hilfe eilen.

„Lass das!", herrschte Martha sie an. Sie erhob sich und schlürfte in Richtung Wohnzimmertisch. „Wir sollten Halma spielen."

„Muss aber erst Minki füttern," sagte Agnes. Was sie denn auch tat, und zwar ausgiebig.

Nach der Spielstunde ließ Martha sich in einer Sofaecke nieder, Agnes zog sich zurück, hielt aber die Tür zum Wohnzimmer nur leicht angelehnt, um bei Bedarf sofort zur Stelle zu sein. Wenig Zeit war verstrichen, und schon vernahm sie Marthas verhalten röchelnde Schnarchtöne.

„Oh je", seufzte Agnes, „so ein Spielchen, und schon wieder kaputt."

Als Martha aus ihrem Kurzschlaf erwachte, wollte sie wissen: „Wo nur Erni wieder steckt?"

„Kommt", erwiderte Agnes.

„Kommt? Wann?"

„Bald, vielleicht morgen."

„Welchen Tag haben wir heute?"

„Wtorek".

„Was hast du gesagt?"

Das kannte Agnes schon: Wenn sie unwirsch wurde, sprang sie zum „Du" über.

„Wtorek, das ist Dienstag", sagte Agnes in einem Tonfall, der besagen sollte: So was weiß man doch.

„Dann kommt sie am Mittwoch."

Sie zog die Fenstervorhänge zurück. „Die Sonne", sagte sie. „Tut gut."

Martha drehte sich zur Seite, von der Sonne weg.

22

Zunächst nahm Ernestine an, dieses Ansinnen, wie sie das Angebot im ersten Moment einordnete, sei einem kitschigen Film oder einem billigen Frauenroman entsprungen. Der Mann, der neben ihr in Betrachtung der Sonnenhüte verharrte, hatte weiter nichts gesagt als: „Wenn Sie möchten, nehme ich Sie mit zurück ins Hotel. Sie wohnen doch auch im *Palmengarten?*"

Sie war am Strand entlang zur Stadt gelaufen, ohne Ziel, nur mehr so aus Neugier, auch, um die Zeit bis zum Abendessen zu überbrücken, aber auch, um der Entscheidung auszuweichen, ob sie ihre Mutter nochmals anrufen sollte. Die vielen Andenkenläden konnten sie nicht zum Eintreten verlocken. In einem landete sie aber dennoch, um ihrem Neugieraffen Zucker zu geben. Wer, um alles in der Welt, dachte sie, sollte das alles jemals kaufen: Kamele aus Olivenholz in großen Mengen gefertigt, Kamele als Schlüsselanhänger, als Korkenzieher, Spieluhren, deren Außenbahnen Kamelkarawanen umrundeten. Gern hätte sie in Erfahrung gebracht, welche Melodie ertönen würde, setzte man eine solche Spieluhr in Gang, doch solch eine Uhr nur mal kurz in Gang zu setzen, wagte sie nicht. Längst hatte sie bemerkt, dass sie fest am

Blickhaken des Verkäufers hing. Stapelweise aus Palmenblättern geflochtene Hüte, auch Panamahüte, Plagiate zuhauf: Tücher, Mützen, Pullis, Badetaschen, Handtaschen, Sonnenbrillen.

„Ja, gewiss", sagte sie, „da wohne ich", und setzte hinzu: „Das ist aber nett."

„Ich habe einen Leihwagen, für ein paar Tage. Da kommt man wenigsten ein bisschen rum."

„Das würde ich mich hier nicht trauen, bei dem Trubel auf den Straßen."

„Alles halb so schlimm. Wenn man sich in den Hauptstraßen bewegt, ist das nicht viel anders als zu Hause. Hüten sollte man sich nur vor den Gassen in der Innenstadt, da kann es in der Tat eng werden."

Etwas verunsichert nahm sie auf dem Beifahrersitz Platz.

„Machen Sie es sich bequem, am besten, Sie lassen die Scheibe runter, dann können Sie den Fahrtwind genießen. Ich meine, wenn es Ihnen nichts ausmacht. Wenn es zieht, nun ja, dann machen Sie die Scheibe halt wieder hoch. Der Knopf neben der Klinke."

Sie ließ die Scheibe runter, so schien ihr die Hitze erträglicher.

„Habe ich aber ein Glück", sagte sie. „Das heißt, eigentlich bin ich auch gern zu Fuß unterwegs."

„Aber wenn ich nun schon mal da bin."

Sie durchwühlte ihren Kopf auf der Suche nach einem Gesprächsfaden, den sie hätte aufnehmen können, dachte dann aber: Wozu eigentlich, nimm es doch ganz einfach so hin, wie es ist. Du wirst durch die Gegend kutschiert, der warme Wind umfächelt dein Gesicht, Palmenwedel grüßen dich, die Luft ist mild und weich, umschmeichelt dich daunenweich, die Welt ist da nur für dich, einmal die Welt lächeln lassen, sich diesem Gefühl hingeben, sentimental sein zu dürfen, keiner, der dir diesen Traum zerstört. Sie wechselte den Blick hinüber zu dem Mann, von dem sie weiter nichts wusste, als dass er der Fahrer dieses Mietautos war. Und ich will auch weiter nichts wissen von ihm und über ihn. Ein leicht nach vorn gekippter Schädel mit einer das Profil beherrschenden Nase, die Mundwinkel lässig herabgezogen, graues Strubbelhaar. Das sollte genügen. Woher er kommt, wohin er geht, Beruf, Alter – alles nur Ballast, Redundanz. Sie lächelte, genoss das Gefühl des Losgelöstseins, des sich Treibenlassens, der Schwerelosigkeit, und sie wünschte sich, das Hotel möge sobald nicht in ihr Blickfeld kommen. Wie trügerisch ist das, was mir hier und in diesem Moment widerfährt? Und: Wie, wenn es immer so wäre? Ein aberwitziger Gedanke, naiv und infantil. Aber jetzt, lass es doch einfach nur geschehen.

„Schon passiert". Ein harter Schnitt. Er parkte ein, sie stiegen aus. Sollte ich ihm als Zeichen des Dankes einen Kuss auf die Wange geben? Sie lächelte über ihren sentimentalen Einfall, stand etwas unschlüssig neben dem Auto, lief zwei, drei Schritt in Richtung

Hoteleingang, drehte sich einmal um die eigene Achse, wandte sich zu ihm hin und rief ihm zu: „Danke".

„Bis dann", nickte er und überließ es ihr, wie sie seine Worte auslegen sollte.

„Ja, bis dann, und nochmals: Danke."

„War mir ein Vergnügen."

Kaum dass sie den Speiseraum betreten hatte, erblickte sie ihn. Sie hatte es geahnt, ja, sie hatte es sich heimlich gewünscht, ihn dort anzutreffen, und sie wäre wohl enttäuscht gewesen, wenn er nicht an ihrem Tisch Platz genommen hätte.

Als sie sich dem Tisch näherte, erhob er sich andeutungsweise von seinem Sitz und murmelte ein *Hoffentlich nichts dagegen haben.*

„Aber nein", versicherte sie. „Der Tisch ist ja groß genug."

Er hatte sich bereits am Buffet bedient.

„Das sind Plinsen, die sind einfach perfekt. Sollten Sie unbedingt probieren."

Sie sah ihm zu, wie er die Plinsen genussvoll verspeiste, wie er gemächlich mit seinen Kinnladen mahlte und dabei die Augen halb schloss. Er ließ sich von ihrem Zusehen nicht aus der Ruhe bringen. Sie war sich sicher, dass er mitbekam, wie sie ihn beim Essen beobachtete. Ebenso genussvoll wie er gegessen hatte, trank er seinen Kaffee in großen Schlucken, wobei er wiederum die Augen halb geschlossen hielt.

Bedächtig, fast wie in Zeitlupe setzte er die Tasse ab, reinigte mit der Serviette seine Mundwinkel, und erst jetzt öffnete er voll seine Augen und lächelte ihr zu.

Sage ich ihm jetzt, dass ich die Plinsen meiden muss wegen meiner Laktoseallergie, mache ich mit großer Wahrscheinlichkeit alles kaputt, dachte sie. Wer das erste flüchtige Kennenlernen mit einer Darlegung seiner Anamnese einleitet, hat von vornherein schlechte Karten. Stattdessen sagte sie: „Die Figur." Auf der Stelle fand sie dieses Wort hier an diesem Tisch noch dümmer als die blöde Allergie.

Er schien ihre Entgegnung überhört oder vielleicht auch ignoriert zu haben. „Wenn Sie wollen, nehme ich Sie mit, ich möchte mir die Arena aus der Römerzeit ansehen, ein Riesenkasten. Vier Augen sehen mehr als zwei. In einer halben Stunde?"

Worauf eigentlich lasse ich mich hier ein? Aber schließlich muss ich auf sein Angebot nicht eingehen, niemand hält mich davon ab, nein zu sagen. Nähme er mir eine Absage übel? Wahrscheinlich säße er nach seinem Ausflug wieder an meinem Tisch, der alles andere als *mein* Tisch ist, und würde mir erzählen, was er gesehen, vielleicht auch erlebt habe. Ich mache mir zu viele Gedanken. Ein Abenteuer? Lächerlich, ebenso lächerlich, wie nein zu sagen. Mit diesen Gedanken stand sie in ihrem Zimmer vor dem Spiegel und inspizierte ihr Gesicht; wie sie es seit undenklichen Zeiten nicht mehr getan hat. Das Glas gab ihren prüfenden Blick wieder: graugrüne Augen, die noch immer glatte

Stirn, die Kreuzfalte zwischen den Augenbrauen, die ihr etwas zu üppig geraten schienen. Ich müsste mir die Brauen zupfen, dachte sie, aber dafür ist es im Moment zu spät. Der Ansatz von Fältchen in den Augenwinkeln, die, wenn ich ehrlich bin, doch schon hart an der Grenze zu Krähenfüßen liegen, auch die Wangen sind nicht mehr ganz rosig und frisch, gegen die zum Schrumpeln neigende Haut kommt auch eine Nachtcreme nicht mehr an. Sie beklopfte ihre Wangen mit den flachen Händen, so als wolle sie sie zum jugendlichen Leben erwecken. Sie lächelte sich entgegen, bis ihr Lächeln beim Blick auf den Hals verrutschte. Ich muss unbedingt aufpassen, nur nicht zu viel Sonne, aber wie soll man ihr hier entkommen?

Eine halbe Stunde ist eine kurze Zeit, Männer sind wohl doch nicht so eitel. Ich hätte sagen sollen: Eine Stunde, eine Frau braucht immer etwas länger, sie verstehen. Doch wie gruselig, so etwas vorzubringen. Mein Gott, wie lächerlich mache ich mich eigentlich. Sie streifte den hellgrünen Pulli über, schlüpfte in die Sneakers und eilte zum wartenden Auto.

„Meine Frau wäre garantiert eine viertel Stunde später erschienen."

Das war`s, meine Frau. Seine Frau. Warum ist sie nicht hier? Welch ein Betrug. Betrug? Hat er was anderes behauptet, gar versprochen? Sie schluckte an der Bitterkeit, die in diesem Moment in ihr hochstieg. Frankfurt. Plötzlich war das verschüttet Geglaubte präsent, wie auf Knopfdruck abgerufen. Sie glaubte, die Zunge schrumpfe ihr zu einem trockenen Lappen, ihr schwirrten Erwiderungen durch den Kopf, doch sie besann sich, erwiderte nichts; denn schließlich hatte er ja keine Frage gestellt. Er hat eine Feststellung getroffen, launig hingeworfen, keineswegs um die gute Stimmung zu trüben.

„Sie verträgt die viele Sonne nicht, die Hitze schon gar nicht. Sie ist jetzt in London. Wir machen das immer wieder mal, getrennt verreisen. Ich kann von der Sonne nicht genug kriegen. Und Sie?"

„Ich?" Nur keine Fragen dieser Art, nur kein Interview, am besten gar keine Fragen, ich kann nur mit banalen Antworten aufwarten, eigentlich mit gar keinen. Wir sollten ganz einfach nur fahren, immer weiter schnurstracks geradeaus, ohne Fragen, ohne Antworten, dorthin, wo die Wüste beginnt, das Nichts. Und kein Wollen, kein Verlangen. Vor allem keine Fragen.

„Ich?", wiederholte sie. „Wie es sich ergibt, mal hier, mal dort. Dienstlich, meistens. Für das Feuilleton."

Er fragte nach der Zeitschrift. Sie sagte es ihm. Nun also doch Interview, dachte sie.

Doch dann stellte er keine weiteren Fragen.

Eigentlich eher ein schweigsamer Mann, dachte sie. Kein Schwätzer, mir gefällt das.

Er müsse sich auf das konzentrieren, was sich auf den Straßen um ihn herum bewegt, Verkehrsregeln stehen hier wohl mehr auf dem Papier, wenn es sie überhaupt gibt, erklärte er.

In Gewänder verhüllte Fußgänger huschen zwischen Eseln, Ziegen, Schafen, Fahrrädern, Mopeds, Motorrädern, Lastautos abenteuerlicher Bauart, von einer Straßenseite zur anderen, eine Abfolge potenzieller Verkehrsunfälle.

„Am besten, Sie schließen die Augen, wenn wir durch solch eine Ortschaft kommen", versuchte er seine eigenen kleinen Unsicherheiten zu überspielen.

Sie hatten das Ziel erreicht. Die Hitze nötigte zum geruhsamen Schritt, vor allem aber zu keinem Schritt zu viel. Sie stiegen durch die steinernen Ränge der Arena, die Überwölbungen der Zuschauerränge spendeten ein wenig Schatten.

„Jetzt nur keine Zahlen", sagte er. „Die Baedeker sind allemal schlauer. In der Tat ein kolossaler Bau, und das alles nur, um Macht und Reichtum in Stein zu verewigen. Und um töten zu lassen, rein zum Ergötzen, aus Langeweile, von der es hier in der Steppe schon immer mehr als genug gegeben haben mag. Mensch gegen Tier. Man sagt, die Schreie der Sterbenden haben sich für die Ewigkeit in den Mauern verfangen. Das glaube ich nicht, ich vernehme sie nicht. Vielleicht kann man sie in der Nacht hören, wenn die Welt ringsum verstummt ist, doch darauf sollten wir uns nicht einlassen."

Über der Arena zogen schwarze Vögel lautlos ihre Bahnen, zeichneten zerflatternde Muster in den gleißenden Himmel. „Was so viele Jahrhunderte zurückliegt, berührt uns heute nicht mehr. Vielleicht finden wir es gruselig, wenn wir versuchen, Bilder aufzurufen, die nur in unserer Fantasie entstehen können. In diesen Zellen wurden die Löwen gefangen gehalten, man gab ihnen solange nichts zu fressen, bis ihr Hungerwahnsinn sie zu dem gemacht hatte, was wir leichthin Bestie nennen. Doch wer ist hier die Bestie – der Mensch, das Tier? Wie lange mag der ungleiche Kampf gedauert haben? Eine Ewigkeit für die Todgeweihten, zu kurz für die vom Überdruss erstarrten Zuschauer, die lechzten nach Wiederholung."

„Lassen Sie uns in die Stadt gehen", schlug sie vor.

„Zum Leben?"

„Ja, dorthin."

Als sie gegen Abend wieder im Hotel waren, tat sie das, was zu tun sie sich bis jetzt verweigert hatte, weil sie sich geschworen hatte: keine E-Mails hier, nicht im Urlaub! Das Hotel bot diesen Service, ein Raum mit drei, vier Computern, die, wie sie beobachtet hatte, fast immer von Gästen belegt waren, die sich vielleicht ebenfalls vorgenommen hatten, zwei Wochen lang ohne Internetgedaddel auszukommen, Erholung pur. Um dann festzustellen, dass der Stress, in den diese Abstinenz sie versetzte, drohte, die ganze schöne Erholung umkippen zu lassen. Sie wartete auf einen freien Platz, gab ihr Kennwort ein, scrollte über die Liste eingegangener Nachrichten, löschte Werbung, ignorierte Absender, hinter denen sie

Geschwätzigkeit vermutete, stockte bei einer Mitteilung ihres Bruders: *Wo steckst du nur. Mit Mutter geht es mehr und mehr bergab, ich habe absolut keine Zeit, mich zu kümmern, tut mir leid. Wer überhaupt ist diese Agnes? Melde dich doch mal!*

Die Gegenwart fängt uns immer ein, jeder Fluchtversuch ist zum Scheitern verurteilt. Er macht es sich bequem, ein Meister im Delegieren von Verantwortung. Sie war wütend, sie reagierte nicht auf sein Schreiben.

Ihre Gedanken verfingen sich bei Schneeberg, bei seinem Namen, einen, der hundert Auslegungen zuließ; verhakten sich im Deuteln, im Hin und Her zwischen Vertrauen und Misstrauen, in Zweifeln: Wenn das alles nur Finten sind, kleine Lügen, billige Tricks, seine Masche, Harmlosigkeit hervorzukehren? Nichts weiß ich von ihm, rein gar nichts. Schneeberg. Und London. Warum nicht Paris, Amsterdam oder Kuala Lumpur. Kann man mir alles erzählen? Sie ertappte sich dabei, wie sie in ihrem Zimmer unruhig auf- und ablief, legte die *Unverschämte Frau* vom Stuhl, dem einzigen in ihrem Zimmer, auf die Ablage neben dem Bett, faltete einen lässig aufs Bett hingeworfenen Top zusammen, zupfte das Kleidungsstück in die gewünschte Form, brachte die Duschlatschen ins Bad, blieb unschlüssig mitten im Zimmer stehen, schaute sich um, um festzustellen, dass dort, wo keine Unordnung ist, es auch nichts zu ordnen gibt. Was eigentlich ist los mit mir? Da ist ein Mann, der dich mit dem

Auto mitgenommen hat. Na und? Heute ich, morgen eine andere. Dumme Pute. Er ist frei, jetzt und hier jedenfalls, und ich bin frei. Das ist aber auch schon alles. Sie blieb vor dem Kleiderschrank stehen, schob die Kleidungsstücke, die sie mehr oder weniger willkürlich vor der Abreise zusammengesucht hatte, auf den Kleiderbügeln von rechts nach links und zurück von links nach rechts und ließ enttäuscht den Kopf hängen. Nichts, aber rein gar nichts, wovon sie meinte, dass sie es heute zum Abendessen werde anziehen können. Nichts Keckes oder gar Frivoles, kein Schick, alles nur praktisch, allenfalls wetterfest. Was du aus dir machen könntest, hatte Hannah gesagt, wenn du nur wolltest. Nur nicht immer so zumpelig, und überhaupt, immer nur Geist, das ödet die Männer an. Ach Hannah!, du hast gut reden. Ich bin nun mal nicht die Frau, die mit den Wimpern klimpert, die sich aufdonnert und mit lasziven Blicken um sich wirft. In diesem Augenblick wünschte sie sich, ein Stück mehr Hannah zu sein.

Im Moment war ihr zumute, als stünde sie vor einer Auswahljury, als müsse sie prüfenden Blicken standhalten, als käme es auf das Wohlwollen der Juroren, die ihr den Zugang zur Glückseligkeit gewährten, an, als hinge deren Urteilsspruch von der Kleiderfarbe ab: rot, blau, gelb (grün kam nicht in Frage, das trug sie nur in der Hitze auf der Straße, in der Annahme, grün sei eine kühlende Farbe). Hängt die nächste Zukunft nur an einem Fetzen Stoff, am passenden Kleidungsstück? Sie setzte sich aufs Bett, die gefalteten Hände ruhten zwischen ihren Schenkeln, sie schaukelte mit ihrem Oberkörper leicht hin und her, fühlte sich plötzlich hilflos, elend, irgendwie verlassen, sehr allein. Ihr war zum Heulen zumute.

Schneeberg, dachte sie, was schon ist ein Name. Sie raffte sich auf und fuhr mit dem Lift hinunter zu ihrem Tisch.

Er offerierte ihr, dass sein Aufenthalt, so nannte er es, hier zu Ende gehe. Morgen Abend gehe der Flieger.

„Schon?", fragte sie etwas ungläubig. Mit einer heftigen Bewegung faltete sie die Serviette auseinander. Sie streckte ihren Rücken durch, setzte zu einem zaghaften Lächeln an, versuchte, das nervöse Spiel ihrer Hände unter Kontrolle zu bringen, presste die Fingerkuppen fest aufeinander, schwieg. Wenn er jetzt nur nicht sagt: War schön mit Ihnen, nett sie kennengelernt zu haben, wie gut Ihnen die Bräune steht, man wird Sie zu Hause beneiden, vielleicht sieht man sich noch einmal wieder.

„Den Zander, den kann ich nur empfehlen. Taufrisch. Vor Frischfisch hatte ich zunächst großen Respekt, hier in der Wärme, Sie verstehen. Aber jetzt?"

„Geht leider nicht, Fischallergie." Jetzt kann ich auch noch meine echte Laktoseallergie hinterherschicken, jetzt ist doch ohnehin alles egal, jetzt kann ich ihm auch meine Männerbekanntschaften hersagen: Wolf und Xaver und Franz. Nein, Franz nicht, Franz war keine Bekanntschaft, Franz war etwas anderes,

Franz war die Sonne, um die ich kreiste, Franz war Licht und Wärme, Franz war Leben, Franz, den sie mir genommen haben, sie, vielleicht, und sie, das war auch der liebe Onkel Friedrich, war auch mein Vater, auch meine Mutter, die nur noch dauerbeleidigt im Gestern lebt, die mich erwartet, obwohl sie das schroff von sich weisen würde. Komme gut allein zurecht, die alte Leier. Hättest ruhig noch länger bleiben können. Die alten Lügen. Wie du wieder rumläufst. Die alten Vorwürfe: Kind, wann wirst du endlich erwachsen! Sie, die mich in ihren lichten Momenten noch immer deckelt, die mir eine Tochterverantwortung eingebläut hat, die sich nicht ausradieren lässt, so sehr ich auch zu radieren versuche. Die glaubt, alles habe sich um sie zu drehen, die ganze Welt, in der sie genesen wurde. So war das immer, so ist das immer und so soll es immer sein.

Die Gedanken stürzten über sie zusammen, rissen sie in einen Strudel, verzwirbelten sich zu einem Knoten, der sich wie ein Pfropf in ihrem Schädel verfestigte. Ich komme von ihnen nicht los, ich kann den Stachel nicht ausreißen, vielleicht bin ich der letzte Trottel, dem das nicht gelingt. Der Stachel steckt zu tief irgendwo hier drinnen. Das alles kann ich ihm nicht erzählen, er würde mir zuhören, so ist er, besonnen, ruhig. Ein Berg aus Schnee, weiß, kühl. Seine Ruhe, die mich unruhig macht. Eine Ruhe, um die ich ihn beneide, jede Stunde, jede Minute ein bisschen mehr. Ich habe einen kurzen Blick getan in ein anderes Leben, so wie es hätte sein können. Immerzu wate ich in einer klebrigen Masse, ich habe versucht, mich daraus zu lösen. Es sollte doch ein Leichtes sein, ihre Lügen beiseite zu schieben, Kehraus zu machen mit neuem Besen. Doch die Masse ist schleimig und zäh, haftet an allen Gliedern, bremst jeden Ansatz von Leichtigkeit, verstopft die Poren, stopft mich zu, versiegelt mich auf immer und ewig.

„So ist das nun mal", sagte sie, „aber dieses Kuskus entschädigt mich."

Damit werde ich nach Wallnitz zurückkehren, mit den Speiseempfehlungen, die wir uns wechselseitig zuwarfen. Kuskus, das war's. Mein Spiel ist aus.

23

Martha erkannte sie nicht sofort. „Wer ist diese Frau? Ernestine? Wer ist Ernestine? Meine Tochter?", rief sie. Ernestine dachte, es sei ein Spiel, sie mache ihr was vor, wolle sich rächen für ihre zwei Wochen Abwesenheit. Agnes stand mitten im Zimmer und hob abwehrend die Hände. Nein, sie sei nicht schuld, das könne sie ihr glauben, und dass es jetzt nicht ganz einfach sei mit ihr, also mit Martha. Aber das sei ihre Arbeit, und sie mache sie gerne. Ernestine wusste nicht, wem sie sich zuerst widmen sollte: ihrer Mutter oder der überfordert wirkenden Agnes.

Nein, das ist kein Spiel, das ist bitterer Ernst. Martha saß in ihrem Sessel mit struppigem Haar, das Gesicht eine steinerne Maske, farblos, eingefallen, verwelkt. Über ihren Schoß hatte Agnes eine Decke gelegt. „Sie friert immer, auch wenn es draußen warm ist", erklärte sie und setzte hinzu: „Sie muss mehr essen."

Ernestine bat den Sorglos Service, Agnes wenigstens noch zwei Tage länger als vereinbart bei ihr zu lassen, solange jedenfalls, bis ihre Mutter sie wieder als ihre Tochter wahrnehmen würde.

Nach den zwei Tagen verließ Agnes das Haus. Sie hatte Ernestine in die nunmehr zusätzlichen

Hilfestellungen eingewiesen, und außerdem käme ja auch der Pflegedienst regelmäßig.

Nach Agnes` Fortgang schien es, als liefe ein Aufleben durch Marthas Körper und Geist. Sie aß mehr und sehr wählerisch, sie verließ immer öfter den Sessel und geisterte, auf einen Stock gestützt, durch das Haus. Durch das Aufstampfen des Stocks wusste Ernestine immer, in welcher Ecke das Hauses sie sich gerade aufhielt. „Wenn du mir nicht sagst, wo du gerade bist, kann ich dir auch nicht helfen, falls mal was ist." Sie komme sehr gut allein zurecht, nicht wahr? Ernestine winkte ab, dieses Lied kannte sie, es berührte sie nicht mehr, sie sparte sich eine Erwiderung. Der Stock war zum Instrument der Kommunikation geworden. Martha tat keinen Schritt ohne ihn, sie tastete sich damit wie eine Blinde durch die Räume, klopfte gegen Stuhlbeine, Tischbeine, den Stehlampenfuß, die Türrahmen, ja selbst gegen die Kloschüssel. Und wenn ihr danach zumute war, fuchtelte sie mit dem Stock durch die Luft. Ernestine rang die Hände, sagte aber nichts. Sie zog sich in ihr Arbeitszimmer zurück, ließ die Tür angelehnt, um zu jeder Zeit bei ihr sein zu können. Somit hatte sich ein halbwegs erträgliches Zusammenleben eingespielt. Wenn Martha am Abend den Fernseher einschaltete, war Ernestine sich nicht sicher, ob ihre Mutter mitbekam, was sie da sah und hörte. Marthas Augen schienen reaktionslos, wurden mit fortschreitender Abendzeit immer kleiner, bis sie zufielen. In diesem Dämmerzustand ließ sie sich willenlos wie ein kleines Kind ins Bett bringen und schlief übergangslos ein.

Eines Tages war Martha verschwunden. War weg, einfach so. Ernestine suchte in den entlegensten Ecken des Hauses nach ihr, durchstreifte den Garten, blickte die Straße hinunter. Nichts. Wo soll ich noch suchen, wohin mich wenden? Polizei? Ein Schreckensszenario tat sich vor ihren Augen auf: Eine Befragung der Nachbarn, der weiteren Dorfbewohner, Suchmeldung im Radio, ein Suchtrupp durchstreift den Wald, ein Steckbrief, als handle es sich um eine Verbrecherjagd, womöglich eine Hundestaffel. Verzweifelt kauerte sie im Wohnzimmer in einer Sesselecke. Oskar? Aber was hat Oskar hier zu schaffen. Oskar, dieser Drückeberger, dieser Ich-halt-mich-daraus-Mensch. Und seine Vorhaltungen, die kann er sich sparen, die muss ich mir nicht anhören.

Auf dem Polizeirevier sagten sie, sie müsse sich gedulden, zaubern könnten auch sie nicht, sie würden tun, was in ihren Kräften stünde. Was jedoch in ihren Kräften stand, sagten sie ihr nicht. Sie notierten Marthas Daten, baten Ernestine um eine Fotografie, möglichst gegenwartsnah, identisch, aussagestark. Unter dem Druck dieser drei Attribute durchsuchte sie das Fotoalbum, eilte mit einem den polizeilichen Ansprüchen einigermaßen entgegenkommenden Bild zurück zur Polizei, wo man sie mit den Worten entließ: „Sie werden von uns hören. Wissen Sie, ältere Menschen sind manchmal leicht verwirrt und finden dann nicht mehr den Weg zurück zu ihrem Zuhause. Das kommt schon mal vor."

Das hat sie nicht in irgendeinem Zustand geistiger Verwirrung getan, das hat sie mir angetan. Das ist ihre verzögerte Rache für meine zwei Wochen Fernbleiben, dass ich nur nicht noch einmal auf solche verrückte Idee komme. Die hat sich das so ausgedacht, den rechten Moment abgepasst. Ihr teuflischer Plan. Mir einen Denkzettel verpassen, mein schlechtes Gewissen mobilisieren, mich die Kette spüren lassen, mit der sie mich an ihre verkorkste Genesungswelt angekettet hat, ging es Ernestine durch den Kopf. Minuten später hielt sie diese Gedanken für absurd, herzlos, ungehörig. Ihre Gefühle wanderten mal zu der einen, mal zu der anderen Seite. Ja, Martha, du hast es wieder mal geschafft, hast mich auch in solchen Situationen fest im Griff.

Spaziergänger hatten sie gefunden. Martha lag mehr als dass sie saß am Fluss, ihre Beine hatte sie angezogen, den Kopf hielt sie auf dem rechten Arm gestützt, ihre Kleidung: Schlabberhose, schlabbriger Pulli, verrutschte Strümpfe, ausgetretene Schuhe, die sie, wäre es nach Ernestine gegangen, schon längst hätte wegwerfen sollen. Ihre gesamte Erscheinung wirkte irgendwie derangiert, sie hatte sich auf dem blanken Boden niedergelassen, starrte unverwandt aufs Wasser. Als man sie ansprach, reagierte sie zunächst nicht. Es dauerte ein paar Minuten, bis sie aus ihr herausbekamen, woher sie komme, an wen sie sich wenden könnten. Mehr wütend als erleichtert raste Ernestine zu der bezeichneten Stelle am Fluss, überschlug sich in Dankesbekundungen bei den Findern, lehnte alle Angebote, sie samt Mutter zu ihrem Haus zurückzubringen, in Bausch und Bogen ab, verfrachtete Martha ins Auto und raste so schnell, wie sie gekommen war, zurück.

„Ich mache das nicht mit!", schrie sie sie an, ohne Rücksicht darauf, ob Martha sie verstand. „Ich bin am Ende. Mit mir nicht, ein bisschen mehr Entgegenkommen wird man ja wohl erwarten können!" Bis sie erkannte, dass Martha als Zielperson ihres Ausbruchs schon längst nicht mehr in Frage kam.

24

Sie hatte der anteilslosen Martha gegenüber Platz genommen. Die beiden Frauen starrten sich ins Gesicht,
ausdruckslos die eine, forschend die andere. Werde
ich du sein in zwanzig, dreißig Jahren? Ein Wrack, das
nicht einmal mehr auf sein Ende warten kann, selbst
dazu reicht das restliche bisschen Klarheit im Kopf
nicht mehr aus; ein Wrack, dem alles, aber auch wirklich alles so egal geworden ist? Die Lichter sind zwar
noch nicht erloschen, sie glimmen nur noch, bäumen
sich nicht einmal mehr auf im müden Flackern, keiner
kann voraussehen, wie lange das Dämmerlicht noch
vorhält. Und ich kann nicht voraussehen, wie lange
ich noch in der Lage sein werde, das alles durchzustehen. Hier sitzt sie, die Frau, aus der ich hervorge-
gangen bin. Ehefrau und Mutter eines Sohnes und einer Tochter, vielleicht sogar heimliche Geliebte eines
sentimentalen SS-Offiziers, eines Frontsoldaten, der
niemals an der Front war. War er nach der Auflösung
des Lagers einer jener Kettenhunde? Auch hierüber
wurde getuschelt. Und dann der Franz, das Myste-
rium seines Verschwindens. Dort sitzt die Frau, die es
nicht vermochte, aus ihrer Starre herauszutreten, die
ihre Gefühle in einem Panzerschrank verschlossen
hielt, zu dem sie den Schlüssel verloren hatte. Doch
vielleicht wollte sie den Schlüssel gar nicht

wiederfinden, wollte auch nicht, dass es einem anderen gelänge, den Panzer zu knacken, dass ein anderer Zugang zu ihrem Verlies fände, in dem sie sich so gut es ging eingerichtet hatte. Ihr Panzer ging nur sie allein etwas an. Alles was folgte, war recht. So recht wie auch Friedrich mit seinen schmachtenden Briefchen, so recht der hintergangene Mann an ihrer Seite. Ich weiß Bescheid, seit langem schon, ich kenne die Kiste auf dem Dachboden. Lächerlich zu glauben, dort oben fände sie niemand. Sollte es so gewesen sein? Friedrich, mein Erzeuger? Was wird hier eigentlich gespielt?

Der Gedanke, dass Friedrich ihr leiblicher Vater sein könnte, traf sie wie ein dumpfer Schlag. Sie eilte ins Wohnzimmer, riss die untere Vertikoschublade auf, in der Martha das Fotoalbum verborgen hielt, blätterte hastig in den Seiten hin und her, bis sie das Foto von Friedrich, das einzige von ihm unter all den anderen Fotos, entdeckte. Seine Haltung: stramm und schneidig, die rechte Hand hinter die sehr korrekt zugeknöpfte Uniformjacke gesteckt, der Gestus eines siegesbewussten Feldherrn. Doch sein Gesicht, wo ist sein Gesicht? Der Mützenschirm war tief über die Augen gezogen, der Schirmschatten fiel über den halben Nasenrücken, deutlich hervor trat nur sein Kinn. Wütend klappte Ernestine das Album zu.

„Möchtest du etwas essen oder trinken?" rief sie von ihrem Arbeitszimmer ins Wohnzimmer zu Martha hinüber.

Keine Antwort.

„Wenigstens *ja* wirst du wohl noch sagen können."

Sie lief hinüber zu Martha, die noch immer in der gleichen eingefallenen Position auf ihrem Stuhl verharrte.

„So sag doch mal was. Sag mal ja, ja, ja!" Sie begann, an Martha herumzurütteln, packte sie an den Schultern, schüttelte sie, Marthas Kopf baumelte willenlos hin und her, einmal schlug sie mit einem vernehmlichen Rumps mit dem Hinterkopf gegen die Stuhllehne, riss erstaunt die Augen auf, richtete ihren Körper auf, traf Ernestines Blick und sagte ungläubig: „Du?"

Ernestine glaubte, dass sie sie durch das Schütteln erkannt hatte. Sie ließ von ihr ab, ging mit schlürfenden Schritten zur Anrichte, portionierte Marthas Pillen: fünf am Morgen nach dem Frühstück, mit viel Flüssigkeit, gegen die Martha sich mehr sträubte als gegen das Schlucken der Pillen. Vier Pillen am Abend, die gleiche Einnahmeprozedur. An manchen Tagen ließ sie das Wasser aus dem Mund wieder herausfließen, an anderen wiederum sabberte sie den letzten Schluck auf ihre baumelnde Brust, nie war vorherzusehen, welchen Tag sie gerade heute bevorzugte. Ernestine hatte es mit kleinen Tricks versucht: *Sag mal Aah!*, wie man es zu kleinen Kindern zu sagen pflegt, wenn sie ihren Mund weit öffnen sollen. Martha reagierte wie ein kleines Kind, und Ernestine schüttete ihr in den weit geöffneten Mund das Wasser hinein. Das ging solange gut, bis Martha sich eines Tages verschluckte, hustete und prustete und mit hochrotem Kopf nach Luft rang. Am Abend das gleiche Trinkprozedere, dann aber in zweifacher Ausführung: zwei Pillen vor dem Essen, zwei danach. Doch was aß sie schon am Abend, nicht mehr als ein Spatz. Sie zermümmelte die ihr vorgesetzten Brotstücke mit den Kaubewegungen eines Kaninchens, manchmal zerbröselte sie das Brot und ließ die Krümel vor sich auf den Boden fallen, Ernestine glaubte beobachtet zu haben, dass sie ihren Krümeltabend immer dann hatte, wenn die Verwirrung in ihrem Kopf besonders heftig einsetzte. Nie wusste sie genau, wann solche Momente eintraten. Sie hatte versucht, sich darauf einzustellen. Spielt sie heute wieder mit mir, tut sie das, was sie tut, bei klarem Verstand? Haben wir heute wieder unser Katz-und-Maus-Spiel? Sie selbst ertappte sich dabei, wie sie hin und wieder eine Pille ausließ, sie hätte nicht einmal sagen können, ob absichtlich oder aus Fahrlässigkeit. Es passierte halt. Die überzählige Pille ließ sie im Müll verschwinden. Martha registrierte ihr Tun nicht, ob nun vier oder fünf Stück, ihr war das einerlei.

Sie holte ihr kein Getränk. Sie blieb mit den sortierten Pillen im Schoß sitzen. Sie versuchte, Klarheit in ihre Gedanken und Gefühle zu bringen. Ich kann es drehen und wenden, wie ich will, sie ist meine Mutter. Liebe ich sie? Ich liebe die Frau in ihr, die hervorzukehren und zu leben sie selbst nicht imstande war. Ich hasse die Frau in ihr, zu der sie geworden ist: rechthaberisch, stur, uneinsichtig, bequem. Ja, in dieser Reihenfolge. Hasse ich sie für den Zustand, in den ihr Alter sie gebracht hat? Sie hält mir einen Spiegel vor, immerzu.

„Ich werde in die Redaktion fahren, Frau Gürtler wird dir Gesellschaft leisten. Ihr könnt Halma spielen." Eine Nachbarin, die sich anerboten hatte, *einzuspringen*, wie sie es nannte. *Mal so ein Stündchen*, hatte die Gürtler eingewilligt, sie habe auch zu tun. Sie wissen ja.

Als Frau Gürtler erschien, war Martha in der Sofaecke gerade eingenickt.

25

„Wir müssen was bringen zum Jahrestag, Alle bringen etwas, wir können das Thema nicht aussparen. Das erwarten auch unsere Leser. Wir haben dabei an Sie gedacht, liebe Frau Weiger. Ihre Beiträge perfekt wie immer. Wenigstens eine, die in diesem Laden ihr Handwerk versteht. Nur keine geschwollenen Gedenkartikel, wer will denn das wirklich. Das Schwülstige überlassen wir besser den Offiziellen. Auschwitz?" Er winkte ab. „Treblinka. Das vergessene Lager. Sie waren doch dort?" Und ohne ihre Antwort abzuwarten, fuhr er fort: „Genau. *Das vergessene Lager*, die Schlagzeile!"

Altern Männer nie? Wenn ich mir den Kramer etwas genauer ansehe, ist diese Behauptung bereits widerlegt. Von diesem Mund hatte ich mir einmal eine Berührung gewünscht. Lächerlich. Was ich heute sehe, sind faltige herabgezogene Mundwinkel, eingefräste Arroganz, deren Zenit längst überschritten ist. Da mag er noch so viel mit dem Bleistift auf den Tisch klopfen, und auch der Anzug eines Sparkassenangestellten reißt da längst nichts mehr raus. Treblinka — das wischt er so rüber wie er auch über sein i-Phone rüberwischt. *Wir müssen was bringen.* Warum sagt er nicht gleich *was liefern*? Die Redaktion — ein

Lieferservice? So und so viel, Stückzahlen, Fakten. Will das der Leser, braucht das der Leser? Was überhaupt will oder braucht der? Tatsachen, die Wahrheit. Unsere Aufgabe ist nichts anderes, diese möglichst leserfreundlich zu servieren, sozusagen mundgerecht, wie ein medium zubereitetes Steak. Halbwegs glaubhaft, das sollte es denn wohl doch sein. Diese Gedanken schossen ihr blitzschnell durch den Kopf.

Sie lächelte ihm zu.

Die Bleistiftspitze brach ab, er legte den Stift beiseite. Ob sie auf den abgelehnten Artikel zurückgreifen könne, schlug Ernestine vor. Natürlich könne sie das, das Bild mit der alten Frau und den beiden Kindern, das muss unbedingt erscheinen, heute sehe er das alles ein wenig anders. Nur ein wenig umändern sollte sie ihren Artikel, aktualisieren, mehr Nüchternheit, mehr Sachlichkeit, Fakten, na, Sie wissen ja, Sie machen das schon. Ansonsten, es sei ja noch ein bisschen Zeit. Aber dennoch, die Zeit drängt, wie immer, zum Schluss sowieso. „Ich gebe Ihnen freie Hand."

Freie Hand. Mit dieser Vorgabe im Kopf saß sie zu Hause über der Tastatur gebeugt. *Das vergessene Lager*, das war das einzige, was sie seit Stunden auf den Bildschirm gebannt hatte. Und das ist noch nicht einmal von mir. Eine Vernissage, eine spektakuläre Buchneuerscheinung, die Eröffnung eines Museumsneubaus, die missliche Lage des Buchhandels, ein Sonderkonzert, Oper, Musical, von mir aus auch

Operette, alles was er will und von dem er meint, dass es Kultur sei. Aber dies? Und im zweiten Ansatz? Eine wirkliche Schreibblockade hatte sie noch nie. Ich war dort, habe die dürre, die von Kiefernharz geschwängerte Luft geatmet, die struppigen Grashalme haben meine Beine gestreift, ich habe das Nichts gesehen, ich habe das Verstummen gespürt. Wie kann meine Feder das zum Leben erwecken, wo nichts mehr greifbar ist? Zum Leben? Abertausendfacher Mord – wie kann man da von Leben sprechen. Jedwede Phantasie geriert zur Ausschmückung. Sachlichkeit. Sachlichkeit finde ich zur Genüge in Internetportalen. Fakten, Fakten, Fakten, Zahlen, nichts als Zahlen. Zahlen, Zahlen, die sich im Endlosen verlieren. Ermüdende Aneinanderreihungen von Namen über das gesamte Alphabet hinweg. Tippe blind auf einen Buchstaben, überlasse dich dem Zufallsprinzip, du hast die Wahl von A bis Z, jeder Buchstabe zieht einen Rattenschwanz von Namen nach sich. Wenn du Glück hast, triffst du auf einen Namen, der dem deinen sehr ähnlich ist, womöglich ist er identisch. Du erschrickst, aber nur leicht, deine Neugier ist geweckt, du durchblätterst deine Genealogie. Da ist nichts. Gott sei Dank. Du blätterst weiter, vielleicht. Du, Kramer, mit deiner tollen Schlagzeile, mit der Erwartung einer großen Verkaufszahl, die dem Laden wieder mal Schwung geben soll, mit deinem Knüller im Kopf.

In diesem Moment hasste sie ihn.

Sie vernahm aus dem Wohnzimmer die Röchelgeräusche, die Martha von sich gab. Das Röcheln hatte in den letzten Tagen an Intensität zugenommen, manchmal klang es beängstigend, als täte sie ihre letzten Atemzüge. Ernestine hatte sich daran gewöhnt, eher versetzten sie die Aussetzer in Unruhe. Dann lief hinüber zu ihr, vergewisserte sich, dass der Aussetzer kein Atemstillstand bedeutete, erwiderte Marthas starren Blick, fühlte ihren Puls, wenngleich sie mit dem Ertasteten nichts anzufangen wusste, sie tat es, weil sie meinte, es tun zu müssen, weil sie es bei den Pflegern so gesehen hat. Sie verzichtete mittlerweile auf die Frage, was sie ihr bringen könne, ging zurück zu ihrem Arbeitsplatz, ließ wie immer die Tür angelehnt. Seit ein paar Tagen ertappte sie sich dabei, wie sie die Pillendosierung weiter reduzierte, mal einen Betablocker weniger, mal einen Blutzuckerreduzierer, mehr unbewusst als bewusst war sie in dieses Verhalten reingerutscht, die überzähligen Tabletten tat sie nun nicht mehr in den Hausmüll, sondern ließ sie in der Toilettenspülung verschwinden.

Der Pflegedienst schüttelte zunächst den Kopf, sagte aber lapidar: „Da kann man halt nichts machen, bedenken sie das Alter. Vielleicht sollten Sie doch noch einmal den Arzt konsultieren." Beim Wort *Arzt* ging ein Zucken über Marthas Gesicht. „Nein!", rief sie, nach Luft ringend, sehr bestimmt, einer ihrer lichten Momente, und bei diesem *Nein* beließen sie es.

Das vergessene Lager machte sie bis zur Verzweiflung stumm. Jeder Ansatz, einen griffigen Einstieg zu formulieren, versank in einem Loch, das ihr entgegen gähnte wie ein schwarzer Abgrund. Das viele Grübeln hatte sie müde gemacht. Das ewige Hin und Her zwischen der Mutter in ihrem Sessel und dem Schreibtisch mit der Tastatur zerrte an ihren Nerven. Sie wünschte sich fort von hier, weit weg, ans andere Ende der Welt. Ein Schnitt, alles hinter sich lassen, allen Ballast abwerfen, den Kopf frei machen, Erinnerungen löschen. Sie wusste, dass es nicht gehen würde, das menschliche Gehirn ist keine Festplatte, die sich so mir nichts dir nichts löschen lässt. Und sie erkannte auch: Die Vergangenheit ist das Kreuz, das wir ein Leben lang mit uns herumtragen müssen.

Sie hatte es gewagt, die Medikamentenration um eine weitere Pille zu verringern. Sie beobachtete Marthas nicht mehr aufzuhaltenden Verfall ohne einen Anflug von schlechtem Gewissen. Den Windelwechsel überließ sie dem Pflegedienst, ihr schauderte bei dem Gedanken, die Stelle, aus der sie in die Welt hinausgetreten war, unverhüllt sehen zu müssen. Sie begleitete, so gut wie sie es vermochte, Martha zur Toilette, ermahnte sie, doch die Spülung nicht zu vergessen, zog die Toilettentür von außen zu und wartete vor der Tür, bis sie die Spülung vernahm. Bisher kein einziges Mal hat Martha die Spülung ausgelassen, als ahne sie, dass ihre Tochter nur wenige Schritte von ihr entfernt lauschte und auf das Geräusch warte, dass die Wasserspülung verursacht. Ob sie ihr denn ausreichend zu trinken bereitstelle, erinnerte sie der Pflegedienst nicht ohne einen gewissen vorwurfsvollen Unterton. Ernestine reagierte mit Entrüstung. Was sie denn von ihr denke! Ich werde doch meine Mutter nicht verdursten lassen. In Wirklichkeit hatte sie es aufgegeben, sie in der ermüdenden Prozedur regelmäßig mit Flüssigkeit zu versorgen.

„Ja", sagte Frau Hut, „sie sind doch alle gleich, in einem gewissen Alter. Kleine Kinder melden sich, wenn sie Durst haben. Aber die Alten! Wenn man da nicht immer ein Auge drauf wirft!"

Ernestine ignorierte diesen unterschwelligen Vorwurf.

26

Der Montagvormittag hob an wie alle anderen Tage auch. Im Wohnzimmer die Mutter, die den immer ungleicheren Kampf mit den heftigen Schwankungen ihres Kreislaufs ausfocht, Ernestine in ihrem Arbeitszimmer. Wieder war sie in Grübeleien über den Einstieg zu diesem vermaledeiten Artikel versunken; das einzige Geräusch, das ihr Ohr erreichte, war der seit Stunden andauernde Regen, der sich in den Bäumen verfing und den der Wind gegen die Scheiben klatschte.

Abrupt hatte das Regenrauschen ausgesetzt, sie schreckte aus ihren Grübeleien hoch, richtete sich auf, wendete den Kopf in Richtung Wohnzimmer. Nichts. Kein Röcheln, kein flatternder Atem, Stille. Sie ging nicht sofort hinüber, sie starrte auf das noch immer unbeschriebene Blatt. Sie wusste Bescheid.

Sie fand Martha im Sessel vor, ihr Kopf war zur Seite gekullert, ein paar Haarsträhnen verdeckten ihr Gesicht, ihr Mund war wie zu einem Schrei halbrund geöffnet. Ernestine hob die heruntergefallene Decke auf und bedeckte damit ihre Knie. Es kam ihr nicht in den Sinn, dass dieses Tuch ihr so und so keine Wärme mehr werde spenden können. Sie schob den zweiten Sessel frontal ihrer toten Mutter gegenüber.

Minutenlang betrachtete sie die Hülle, die ihre Mutter war, suchte nach Regungen, nach Schmerz irgendwo in ihrem Innern, in der Herzgegend, in der Brust, warum nicht auch in der Magengegend, an den Schläfen. Da war nichts. Auch kein Gefühl der Erleichterung. Keine Trauer, nur Stummheit.

Blitzschnell ließ Ernestine das Prozedere, das ihr nun bevorstand, an sich vorüberziehen. Doch nur nicht sofort. Habe ich jetzt nicht alle Zeit dieser Welt?

Sie besann sich, dachte an die Redaktion, der sie eine Antwort schuldig war, ging hinüber zu ihrem Arbeitsplatz, tippte die üblichen Präliminarien ein, hielt sich nicht lange an erklärenden Formulierungen auf, schrieb: „Alles, was ich zu diesem Thema liefern kann, ist ein weißes Blatt Papier."